SIMONA TOMA

DA DOMANI MI ALZO PRESTO

Sperling & Kupfer

Realizzazione editoriale a cura di Cromac.

DA DOMANI MI ALZO PRESTO

Pubblicato in accordo con MalaTesta Lit. Ag. Milano

ISBN 978-88-200-6236-1

I Edizione maggio 2017

Anno 2017-2018-2019 - Edizione 1 2 3 4 5 6 7 8 6 10

Per Enrico, per Giulia, per Teresa

Prologo

CARA persona che sarò,

non riesco neanche a immaginarti, in questo momento.

Diciamo che anche tu, se mi incontrassi ora, non avresti voglia di frequentarmi, ma ti assicuro che è molto difficile essere la me del presente, cara persona che sarò.

Sai quando sei a una festa e non conosci nessuno, hai sbagliato vestito, sei a dieta e non puoi né bere né mangiare? Hai presente quando tutti intorno a te sembrano divertirsi tanto, sembrano tutti al posto giusto nel momento giusto con la cosa giusta da dire e tu invece sei andata a fare pipì e la gonna ti è rimasta impigliata nei collant, hai presente?

Ecco, è così che mi sento, qui, da sola, nella stanzetta in cui dormivo quando andavo al liceo.

Vado a letto indossando solo cinque gocce di sudore, per togliermi il pigiama dovrebbero farmi uno scrub, anche al cuore dovrebbero farmelo, lo scrub, giusto per rimuovere quello zoccolo di cellule morte che si è depositato nel tempo.

La mia alimentazione si basa per lo più su Lexotan,

unghie, birra e sigarette. Ah sì, ho ripreso a fumare dopo cinque anni, spero che tu riuscirai a liberarti da questo vizio che in verità, al momento, è l'unico piacere che io abbia.

Non ho un soldo, non ho una casa, non ho un lavoro, non ho un uomo però, per quanto riguarda quest'ultima mancanza, forse è meglio, visto che attiro solo stronzi.

Cara persona che sarò, non so se tu avrai risolto questo piccolo problema con le relazioni, ma se ci sarai riuscita forse non sarò più nemmeno io.

Cara me stessa che sarò, non ho più pensieri, li ho finiti, è questa la novità.

Capitolo uno

«QUANDO pensi di alzarti da questo letto?» La porta della mia stanza si apre senza chiedere permesso, accompagnata dalla domanda non proprio amichevole di mia madre.

«Mpf...» Nascondo la faccia sotto il cuscino, sperando che si accontenti della risposta.

«In questa stanza c'è puzza di tempo che passa e non tornerà più, te ne rendi conto?» Carla, la co-titolare del mio DNA, madre all'attacco di figlia depressa, si avventa sul mio lenzuolo e lo fa volare via.

Sento due mani gelide che cominciano a tirarmi per le caviglie.

«Mpf... mpf...»

«Non ti capisco, cosa dici? Togli quel cuscino dalla faccia», e tenta di strapparmelo di dosso, ingaggiando un feroce braccio di ferro in cui il cuscino avrà la peggio.

Mia madre, la signora Carla, sessant'anni spesi per la famiglia, nel costante tentativo di tenerci sempre tutti in piedi.

Il suo parrucchiere ha inventato per lei una nuance di

tintura: il biondo impeccabile. Sempre ben vestita, beniamina dei salotti buoni di Piccola Città, all'occorrenza un filino alticcia, ansiosa e nervosa fino allo strazio di sé e di chi le sta intorno e, dunque, dispensatrice di ansie, tic e manie che ho fatto tutte mie; ottima giocatrice di canasta e burraco in coppia con mia zia Adelaide, detta Ade, e mai nomignolo fu più azzeccato, dal momento che è scura e ombrosa come un comò di legno massello.

«Quando ti sposi?» «Quando mi fai un nipote?» sono le formule rituali che precedono il saluto di mia madre, l'unica piccola deroga alle sue buone maniere a prova di errore. Credo di aver avuto tre anni quando me l'ha chiesto per la prima volta.

Ho voglia di una sigaretta, adesso, subito.

«Signora Carla, apro le finestre?» Anche l'altrettanto impeccabile Onorina, dalle Filippine con furore, sodale e alter ego di mia madre, custode efficientissima e grande vestale della magione dei miei genitori, congiura contro di me.

«Nooooooo!» protesto, e mi attacco a quel poco di volontà che mi resta.

«Allora, riesci ancora a parlare? Sei ancora dei nostri? Onorina, spalanca tutto, su, su!» E batte le mani, come se non ci fosse più un minuto da perdere.

«Approvo la sua decisione, signora!» le tiene botta la traditrice asiatica che mi ha visto crescere e mi consolava dalle durezze di mia madre, e che ora ha deciso di passare dalla parte del nemico.

La posso comprendere: non saprei come pagarla, mia madre è più affascinante da questo punto di vista.

«Grazie, Onorina.» La bionda si compiace della sua ennesima mossa giusta da brava madre di famiglia, mentre l'ultima luce di questo pomeriggio di metà aprile entra nella stanza.

Se solo non fossi così depressa, gliela farei vedere io a queste due...

Se solo non fossi così depressa, non sarei qui con queste due.

A trentasei anni, quasi trentasette.

«Tirati subito su da quel letto Michela, non te lo ripeterò un'altra volta!»

E so che fa sul serio. Alzo bandiera bianca, mi dichiaro prigioniera di guerra, non posso difendermi da questo doppio attacco e cambio strategia: simulo una resa per guadagnare tempo.

Abbandono il letto, prima il piede sinistro e poi il destro nelle pantofole perfettamente allineate.

Un modo per cercare di tenere il controllo della situazione quando tutto invece va a puttane.

Mi metto in piedi, la testa mi gira un po'.

Ma si può essere depressi in pace in questa casa, senza che nessuno venga in continuazione a cercare di tenerti in vita? È possibile stare tranquilli a leccarsi le ferite? A rimuginare sul passato? A piangersi addosso?

Non mi sembra di chiedere chissà che!

«Signorina Michela, che terribile cera, che tremendo aspetto!» Onorina si piazza a un centimetro dalla mia faccia e mi scruta preoccupata.

Io odio avere qualcuno così vicino.

Onorina aiuta mia madre in casa da quasi vent'anni. La amo profondamente, ma ha una serie di piccoli difetti: per esempio, ha perfezionato il suo italiano su tutte le soap opera che hanno trovato ospitalità nelle nostre reti televisive, e per questo parla come una ricca latifondista sudamericana, o quanto meno come la sua versione doppiata in italiano.

L'aria fresca che è ora libera di entrare in camera, territorio proibito e, da tempo, occupato solo dal mio cattivo umore, mi ricorda certe giornate milanesi, quelle dell'altra vita, prima del Big Bang, del terremoto, dello tsunami, prima che il mio asse terrestre si spostasse di un milione di gradi, quando io ero ancora io e non questo bozzolo di pigiama e ossa che sono diventata.

«Prego, Michela, si accomodi!» mi disse il mio capo accogliendomi nel suo ufficio milanese, nella periferia nord della città.

Alfredo Carona, uno dei più grandi pubblicitari italiani, settant'anni di spocchia e saccenteria ben confezionate in un abito di alta sartoria italiana. Ancora un bell'uomo, certo, ma per me la manifestazione terrena e incarnata di Satana.

Alfredo Carona, raffinatissimo e sorprendente pensiero creativo, unico proprietario della Carona Adv, la multimilionaria agenzia che gestiva come Carlo V, «sulle mie campagne (pubblicitarie) non tramonta mai il sole», monopolista della réclame, imperatore dell'anima del commercio.

«Altri cinque anni e poi mollo tutto a voi bimbi!» lo sentivo dire da quando ero in agenzia, ossia da quasi nove anni. «Mollo tutto e me ne vado sulla mia barca a vela a cominciare a vivere sul serio!»

L'ennesimo manager top level milanese folgorato sulla via della decrescita felice.

«Lei mi è sempre piaciuta, una delle nostri migliori copy. Quanto ho apprezzato il suo lavoro per la campagna per i sacchetti biodegradabili!» E il pensiero volò a quell'infame marchetta che mi costrinse in ufficio giorno e notte per due mesi mentre fuori la gente viveva.

Molta gloria e nessun beneficio economico per me, mentre la fiamma del momento di Sua Santità, il Pontefice Carona, si godeva, grazie al successo del mio lavoro, ulteriori meraviglie senza limiti nel sacro parco giochi di via Monte Napoleone, strada lastricata di American Express platino, paparazzi, esibizionisti del lusso, rapper e fashion blogger.

«Grazie, dottor Carona...» azzardai io, cercando di non vomitargli tutto il mio disagio sulle scarpe.

«Mi chiami Alfredo, dopo tanti anni...» e mi strinse le mani, mentre nei suoi occhi andava in onda una televendita di materassi. «Ma quanti bei lavori abbiamo fatto insieme?» Per un attimo sembrò perdersi chissà dove, forse nel piano attico del suo conto in banca, poi ritornò a guardarmi. «Io mi ritengo un capo illuminato, anzi un amico più che un capo, e per questo ci tengo ad avere un rapporto personale con ognuno di voi! Siete prima di tutto amici e poi dipendenti della Carona Adv, mi capisce vero, cara Milena?»

«Michela, dottore... mmm, scusi, Alfredo», mi permisi di correggere il mio nuovo amico.

«Michela, Michela, certo, scusi, sono un po' stanco», e l'occhio catodico gli rotolò sul piano della scrivania dove, mi accorgevo solo in quel momento, c'era un fascicolo con il mio nome.

«La Carona Adv vuole che i suoi amici siano felici e continuino a crescere professionalmente e, soprattutto, umanamente... Io, per esempio, tra cinque anni mollerò tutto e comincerò a vivere davvero la mia vita.» E si abbassò gli occhiali di celluloide nera sul naso, ammiccando. Era molto sudato e odorava di tabacco, menta e potere.

«Proprio per questo», continuò, «perché so quanto sia castrante non avere nuovi stimoli e vedere sempre lo stesso orizzonte, e nell'ambito di un più generale progetto di ristrutturazione e snellimento dell'azienda, le comunico che lei, finalmente, è libera di vivere la sua vita!» E mi strinse ancora più forte le mani che mai aveva lasciato durante il suo sermone.

«Vivere la mia vita?»

«Sì, libera, libera, cara Milena!»

«Michela...»

«Sì, Michela!» Cominciava a perdere la patina di compassione ed empatia, sfoggiata fino a quel momento.

«Ma in che senso?»

Mi guardò come se fossi il suo gattino che si era appena lanciato dal quinto piano. «Lei è libera di cercare la sua felicità fuori dalla Carona Adv!» Scandì lentamente le parole, meno carico di prima.

No, io continuavo a non capire.

«Michela», ci riprovò, «sia noi che lei abbiamo bisogno di leggerezza. Noi vogliamo sperimentare nuovi rapporti professionali più versatili e adatti al nuovo mercato e lei...» si fermò, «quanti anni ha?»

«Trentasei, quasi trentasette.»

«Ecco, appunto, vede?» Come se adesso l'evidenza fosse lampante. «È l'età giusta, fuori da questa azienda c'è la vita!»

Sgranai gli occhi ancora di più, mi sarebbero potuti esplodere da un momento all'altro.

«Milena, lei è licenziata», tagliò finalmente corto.

«Michela...» Fu l'unica parola che riuscii a soffiare fuori dalla bocca prima di perdere i sensi.

Capitolo due

Mentre mia madre e Onorina, strette in un patto d'acciaio che ha come obiettivo il mio ricollocamento sociale, alleate sul fronte della mia rinascita non richiesta e non voluta, si dedicano con furore alla bonifica dei miei appartamenti, mi torna in mente il primo giorno della mia nuova vita, qui a Piccola Città, poco tempo fa.

Quando sono entrata nella mia cameretta di ragazzina e mi sono sentita ufficialmente morta.

Mia madre non aveva modificato nulla da quando me ne ero andata, ma era la prima volta che me ne rendevo conto, ora che la prospettiva di un lungo soggiorno, di un «fine pena: mai», mi rendeva più sensibile ai dettagli.

Ciccio, l'orsetto con cui mi addormentavo, c'era.

Il poster di Freddie Mercury c'era.

Il ritratto che i miei nonni mi fecero fare a Rimini c'era.

Lo stereo anche.

La collezione di Smemo pure.

Il Dolce Forno e le Barbie non più, l'unica cosa di cui mia madre si era sbarazzata anni prima, con la scusa dell'allergia alla polvere.

La foto di gruppo dell'ultimo anno di scuola materna, eccola.

Ero l'unica a non sorridere. Avevo cinque anni e già mi giravano le balle.

La piccola sedia di vimini anche.

Best Company, Naj-Oleari, El Charro, Uniform c'erano.

Varie edizioni del *Piccolo principe* e la maglietta di Che Guevara, il disco di Bob Marley and The Wailers.

La scatolina con il simbolo della pace dentro cui nascondevo il fumo. Magari c'era ancora qualche caccoletta, e invece no, me l'ero fumato tutto.

Bentornata nel mio passato mai passato!

Riemergo dal ricordo e comincio a spostarmi in cerca di un altro giaciglio da trasformare in un nuovo capezzale. Presto lo individuo nel divano del salotto, amico e sodale del televisore HD a centomila pollici che mio padre ha voluto per sentirsi come in tribuna allo stadio, elegantemente accomodato e con il culo al caldo.

Mio padre: un uomo che rimarrà per sempre un commercialista e un gentiluomo, un'esistenza modulata sulle dichiarazioni dei redditi e le scadenze da rispettare, giacca, cravatta e barba rasata di fresco ogni santo giorno, che ha rimandato fino all'ultimo il pensionamento e che, ora, è costretto a condividere divano e partite con la sua unica figlia depressa.

La sola cosa che mi leghi al calcio, in verità, è il mio passato, folle ma serissimo innamoramento per Nicola Berti, l'ex giocatore dell'Inter.

Capello scolpito nel gel e fossetta da volerci scomparire dentro, io avevo nove anni e lui venticinque e mi struggevo d'amore.

Una volta l'Inter venne a giocare qui a Piccola Città e io riuscì a infilarmi nell'albergo in cui dormivano lui e la sua squadra, nella speranza di incontrarlo.

Sapevo con precisione anche con quali parole lo avrei conquistato: «Nicola, io ti amo».

Un grande, intramontabile classico che avrebbe intrecciato le nostre vite per l'eternità.

Ma, cercandolo, mi persi nell'intrico di piani, corridoi e saloni dell'albergo, e quando finalmente riuscii a ritrovare la via della hall, la squadra aveva raggiunto lo stadio da parecchio e io avevo fallito nella mia prima impresa d'amore.

Una questione di tempi e confusione, come sempre, e la solfa non sarebbe cambiata negli anni.

Ancora oggi, quando passo davanti a quell'albergo, mi si stringe la pancia.

«Signorina Michela, spero voglia perdonarmi ma è l'ora del mio programma.»

Onorina mi si siede accanto, in pausa dal restyling della mia vita.

È inutile, non c'è pace per me.

Dimentico sempre che dalle 19.15, per tre quarti d'ora, Onorina si dedica esclusivamente alla visione della soap preferita del momento, cogliendo l'occasione per migliorare il suo italiano da romanzo ottocentesco.

Si accomoda accanto a me, leggera come lei è, e sospira.

Pianoforti e archi ci portano nella Spagna degli inizi del Novecento, paesaggi romantici e fotografia virata al seppia, esseri umani e bestie al pascolo. Onorina muove il collo, la testa e le spalle seguendo la melodia e subito è seduta al tavolo di una locanda dove i suoi beniamini bevono e discutono di una qualche eredità.

Il tempo di trovarsi in disaccordo su tutto e ora Onorina è tra un uomo e una donna, in piedi l'uno di fronte all'altra, in un giardino.

«Perché io ti amo e ti amerò per sempre, ma adesso devo andare via.»

«No, ti prego, non mi lasciare!»

«Devo, sarai più felice senza di me.»

«Molto aderente alla sua situazione, non trova, signorina Michela?»

Onorina mi ha sempre fregiato del titolo di signorina perché nelle soap così si fa.

«Lo troverei un'imperdonabile mancanza di rispetto, signorina!» mi rispondeva ogni volta che cercavo di riappropriarmi del mio puro nome di battesimo, sottolineando l'assurdità di quel vezzo.

Non mi chiama Michela per rispetto, ma poi non si fa scrupoli a rigirare la mannaia nella piaga del mio cuore distrutto e sepolto.

Con grande gentilezza e in un italiano forbito.

E mi fa tornare alla mente la seconda parte di quella giornata milanese da cui origina la mia attuale, cupa esistenza.

Con un tempismo efferato e crudele, un'ora dopo che il mio ormai ex capo mi aveva restituito, a suo dire, la mia vita e la mia libertà, un nuovo ex stava per entrare nella mia esistenza.

«Amore?» chiamai senza troppa convinzione entrando nella casa che condividevo con il mio fidanzato, Alessandro.

A quell'ora normalmente lui – come del resto io se non fossi stata licenziata – era al lavoro.

Ma, così, per sentirmi confortata e protetta in un luogo amico, il nostro nido, in cui lui aveva voluto precipitosamente convivere dopo poche ore di relazione, lo avevo chiamato ad alta voce, solo per stare meglio.

Respirai appieno l'odore della nostra casa per isolare il suo che, in effetti, mi sembrò vivo e presente, nonostante la sua supposta assenza.

Io ero in modalità apocalisse e volevo addormentarmi in un suo abbraccio, farmi dire che tutto si sarebbe aggiustato, che avrei trovato un altro lavoro che, comunque, avrei dovuto lasciare di lì a poco per dedicarmi totalmente ai cento figli che avremmo avuto insieme.

Non che Alessandro fosse il tipo, in verità.

Sempre depresso e inquieto, si appoggiava completamente su di me, sviluppando un rapporto poco sensuale e molto materno.

«Ciao amore, dimmi!»

«Sono depresso...»

«E perché?»

«Non lo so...»

Era questo il tenore delle telefonate che mi arrivavano quando eravamo lontani. In verità, anche il contenuto delle conversazioni quando eravamo vicini non cambiava molto.

Ma io lo amavo e sapevo che lui aveva bisogno di me, adoravo il fatto di essergli necessaria.

Anche il sesso, a essere sinceri, era piuttosto matrimoniale.

Mi spiego: non ho nulla contro il sesso matrimoniale, però dopo pochi mesi di rapporto non si può avere l'attività sessuale di un uomo e una donna uniti in matrimonio da trentacinque anni.

Ogni mio tentativo di unione carnale veniva bloccato con ogni tipo di scuse, il classico frasario un tempo appannaggio delle donne, o almeno così si dice.

Mal di testa, riunione molto presto al mattino, stanchezza varia ed eventuale di non meglio precisata natura, freddo, caldo, fame, sete... ogni cosa era funzionale a girarsi dall'altra parte e dormire.

Quando poi riuscivamo a fare l'amore, quello che sentivo da parte sua era la fretta di finire e andare a lavarsi.

Non cercava l'orgasmo, ma la doccia e il sonno.

«Amore, il bidet dopo il sesso è una delle più belle invenzioni dell'uomo», mi disse dopo una tiepida sessione erotica.

Io comunque lo amavo.

Quel giorno lo trovai seduto in punta del divano, a giocare con i lacci delle scarpe, tutto accartocciato su se stesso, con il busto raccolto tra le gambe divaricate.

Quando sta male fa così.

Alzò lentamente la testa e aveva gli occhi più liquidi del solito, non sembrava sorpreso di vedermi.

«Ciao», mi fece, pescando dalla cassa toracica una voce monocorde e impastata.

Aveva bevuto, l'aria pesante di vodka me ne dava inutile conferma.

«Ciao», gli risposi. Non eravamo in vena di grandi discorsi, evidentemente, anche perché un dettaglio accanto alla porta d'ingresso stava cominciando a incasinarmi ulteriormente i pensieri.

I miei occhi, istintivamente, si erano messi a cercare la bottiglia di vodka perché qualcosa mi suggeriva che di lì a poco ne avrei avuto bisogno.

Ma Alessandro è uno di quelli che non parla, non per primo e quindi: «Alessandro, cosa succede?»

«Ehm... Io... Io... Io...»

«Tu...» cerco di aiutarlo.

«Io... Michela... Io... Devo... Cioè... Non so...»

«Cosa non sai, Alessandro?»

«Non so, non so, non so...» Le parole che più spesso gli avevo sentito dire in questi anni di relazione.

«Alessandro, cosa vuoi mangiare?»

«Non so...»

«Alessandro, a che ora è la cena?»

«Non so...»

«Alessandro, mi ami?»

«...»

Il suo telefono si mise a squillare, alzò la testa dai lacci delle scarpe e lo vidi meglio in volto: pallido, un po' di barba – non gli cresce tanto, in realtà – e le sopracciglia perfettamente rifatte, il suo piccolo vezzo.

«Ciao, mamma!» Il sangue tornò a rianimargli il volto, rispondendo a quella che presumevo essere la cinquantesima telefonata della giornata.

«Sì, mamma, ho l'aereo tra due ore... sì pasta con i broccoli e spezzatino mi vanno benissimo. C'è anche la torta? Grazie, mamma, ci vediamo dopo!» concluse ormai pronto a quell'orgasmo che con me si negava.

Processai i dati acquisiti nel corso della telefonata con mammina, piccoli dettagli che Alessandro non aveva ancora avuto la grazia di riferirmi: stava partendo e quella sera avrebbe cenato con mammina, che gli aveva anche preparato la torta.

In quel momento, mi fu chiara la funzione delle valigie accanto alla porta, particolare che prima aveva cominciato ad attivare la mia già operativa unità di crisi, la nota stonata su cui stava girando a vuoto il mio cervello.

«Alessandro, mi stai lasciando?»

«Sì.» La sua esse sibilante mi diede lo schiaffo definitivo.

Capitolo tre

Certi giorni mi sento così uno schifo che vorrei sparire completamente, senza prendermi la responsabilità del dolore altrui.

Vorrei semplicemente evaporare, oppure vorrei che tutte le persone che mi conoscono perdessero la memoria di me, di ogni singola cosa che mi abbia mai riguardato nella vita.

A volte, mi sembra di essermi dimenticata tutto di me. Di chi ero, di quello che ho fatto, dei momenti – ci sono stati anche quei momenti – in cui sono stata felice.

Dicono che più sei intelligente più sei depresso, perché il gioco della vita lo sgami subito e le aspettative le riduci a zero. E quindi per quale motivo non posso stare tutto il giorno spalmata sul letto a piangermi addosso e a maledire il mio destino?

Le persone vogliono troppo, io voglio solo fare immensi pisolini, fumare mille sigarette, continuare la mia storia d'amore con il Lexotan e non essere cercata da nessuno.

Ma poi parte la sigla di coda della soap di Onorina, e capisco che è il momento buono per uscire sul balcone a fumare una sigaretta prima che la furia asiatica si abbatta sulle mie inesistenti energie.

Fumo le più pesanti che ci siano in circolazione perché se mi devo ammazzare lo voglio fare con un certo stile. Mentre ne accendo una, sprofondo nel midollino punitivo del salotto da esterni che mia madre ha allestito sul balcone.

Mi graffio la spalla destra e commento con una sapida scurrilità.

«Elegantissima!» Sento quella che mi pare essere la voce di una bimba, mi affaccio per controllare e vedo solo un caschetto biondo su un corpo minuscolo e filiforme sparire dietro una porta finestra dell'appartamento accanto, seguita dal nostro gatto.

«Emanuele, Emanuele...» chiamo il felino che o è sordo o semplicemente non riconosce la mia autorità. Oppure non riesce ancora ad accettare il nome che Onorina suggerì per lui quando lo ritrovammo cucciolo e denutrito poco lontano da casa dei miei. «Emanuele, signorina Michela, come Emanuele Dei Perroni di *Onde d'amore*. Gli rassomiglia davvero, soprattutto nel portamento.»

E sia.

I gatti se ne fregano e io vorrei essere una gatta, in questo momento.

Spengo la sigaretta e rientro in casa.

«Guarda un po' chi si vede!» mi saluta mamma con la sua consueta garbata ironia.

«Mamma, lo sai che il gatto ha una relazione clandestina con la vicina?»

«Ma sì, povera stella, va lì a giocare, quella bimba l'adora. Del resto qui non riceve alcuna attenzione!» Mi rivolge il suo solito sguardo, quello che ti fa sentire in colpa per tutto, per qualunque cosa, dalle guerre puniche al ratto delle Sabine, al Vietnam, alla morte apparente di Biancaneve, ai rovesci di fortuna di Cenerentola, alla brutta fine di Pietro Savastano.

È una vita che cerco di capire che cosa ho fatto e poi, alla fine, semplicemente capisco che non ho fatto nulla, proprio nulla, ma lei riesce a farmi sentire comunque in difetto.

«Io e papà usciamo e anche Onorina sta per andarsene. Hai casa libera, sei felice? Chissà come ti divertirai in nostra assenza...»

«Mamma, il tuo sarcasmo è medicamentoso, te l'assicuro.»

«Tesoro, capisco la tristezza, la depressione, ma sei diventata pesante, pesantissima. Hai sempre avuto questa inclinazione al melodramma, però se pensi che io, tuo padre e Onorina staremo qui a guardarti mentre ti compiangi, ti sbagli! Perché magari non chiami qualcuna delle tue vecchie amiche, sono sicura che sarebbero contente di rivederti!»

«Sì, sarebbero contente di vedere lo schifo che sono diventata.»

«Va bene, ho capito, ma almeno cambiati quel pigiama, non ti si può guardare.»

Con lo sguardo scivolo sui pantalonacci della tuta e la maglietta di Larry Bird che mi porto dietro dalle medie.

Quella che piaceva tanto ad Alessandro.

Alla fine arriva sempre Alessandro e quella sensazione di sterno aperto da un divaricatore che accompagna il suo ricordo.

* * *

Lo incontrai al *Birrificio Lambrate* di Milano, una sera di fine luglio: lo rivedevo dopo averlo incrociato molte altre volte a Piccola Città, da dove proveniva anche lui, amico di amici, volto noto tra i tanti del nostro luogo natale.

Ero lì per bere qualcosa con Valeria, per l'appunto una comune amica, e lui si era seduto con noi a distrarci dalle nostre chiacchiere tra donne. Pensavo potesse rovinare una sola serata ma, in realtà, stava cominciando a rovinare la mia intera vita.

Aveva cominciato da subito uno strano e frettoloso corteggiamento.

Io stavo per andare in ferie e avevo in quel momento una storiella con Carlo, un designer di Rovigo che di notte m'accoglieva e di giorno m'allontanava.

Ma tornata a casa e ritrovato Alessandro, sempre in un bar, nel breve volgere di un balletto in riva al mare, fui risucchiata nel bacio più velenoso della mia esistenza.

Eppure all'inizio, nell'unico momento di lucidità che ho avuto rispetto alla mia relazione con lui, non ero per niente interessata.

Mi faceva piacere avere un cicisbeo ai miei piedi, ma sentivo che c'era qualcosa che non andava, una strana sensazione che mi teneva lontana.

Alessandro cominciò a essere molto presente nella mia vita, senza darmi il tempo di capire che cosa stesse succedendo e, in pochi giorni, mi propose di convivere e di conoscere i suoi.

Mammina.

Incubo.

Mammina era una specie di suora mancata molto cattiva, unica laica in una famiglia votata al Signore. Ciò evidentemente la spingeva a essere ancora più rigorosa e intransigente, una via di mezzo tra la mamma di Robertino in *Ricomincio da tre* e la mamma della Banda Fratelli dei *Goonies*.

Mammina da subito iniziò a farmi una garbata guerra.

Una volta, nella mia folle corsa per piacerle a tutti i costi, mi proposi di accompagnarla a fare shopping.

Scoprii, quando era ormai troppo tardi, che gli acquisti che mammina aveva intenzione di fare riguardavano esclusivamente la biancheria intima del suo amato bambino. Quando mi ritrovai davanti agli espositori con le mutande da uomo, cominciai a sudare ghiaccioli: mammina mi stava lanciando un segnale, ero caduta nella sua trappola.

«Alessandro indossa sempre e solo questi slip, sempre la stessa marca da quando era piccolo, e glieli ho sempre comprati io.» Sembrava una minaccia e avrei voluto rassicurarla dicendole che non avevo intenzione alcuna di invadere il suo territorio.

Accennai un sorriso e tastai la stoffa delle mutande per farle vedere che ne apprezzavo la qualità ma, evidentemente, il gesto nella mente di mammina tradiva lascivia e mi guardò con disgusto, procedendo verso le canottiere.

«Amore, ti sei divertita con mamma? Visto quanto è carina?» mi chiese Alessandro quando la sera ci incontrammo.

Ingollai in pochi minuti tre birre medie, non riuscendo a togliermi dalla testa l'idea che comunque la prima a toccare le mutande del mio fidanzato era sua madre, e mi chiesi se questo avrebbe potuto pregiudicare la mia vita sessuale con lui, da quel momento in poi.

«Ma è vero che sei qui da un mese, brutta stronza?»

Un WhatsApp mi riporta a casa dei miei. Qualcuno ha scoperto ciò che non doveva essere scoperto, e questo qualcuno è il più grande talento mondiale nella rottura di scatole: mia cugina Giulia.

Giulia: curvaiola, tennista, surfista, grandissima bevitrice di birra e tiratardi, sposata e divorziata in tempi record, ha lasciato il marito nonostante fosse lei a riempirlo abbondantemente di corna.

«Fossi stato diverso non t'avrei tradito, è colpa tua!» gli aveva urlato durante la scena madre della fine della loro storia, ed era corsa a tatuarsi la frase: *Friday I'm in love*, perché era venerdì e il venerdì sera era sempre il suo più grande spazio di conquista.

Non era il suo unico tatuaggio: il primo a sedici anni, *Edo ti amo*. Chiaramente, dopo quindici minuti non lo amava più e quando glielo avevo fatto notare aveva fatto spallucce dicendomi: «Ricapiterà un altro Edo prima o poi».

E si era messa a canticchiare *My Way* di Frank Sinatra.

Giulia è sempre stata molto pratica.

Adesso, alla mia età, continua a saltellare di uomo in uomo, non disdegnando parentesi saffiche, perché «solo una pallottola al cuore, Ramón, mi fermerà», però, francamente, non credo sarà mai coinvolta in alcun conflitto a fuoco nel vecchio West.

Mi sento dunque molto minacciata da questo WhatsApp e decido di ignorarlo, ma lei evidentemente non vuole ignorare me: *«Hai letto, c'è la doppia spunta blu, rispondi cretina!»*

E subito dopo: *«Ti vedo, sei online!»*

E poi attacca a telefonare.

Una, due, tre volte, senza darmi tregua.

Esco di nuovo sul balcone e mi accendo un'altra sigaretta.

«Apri il portone, sono qui sotto!» Giulia è sotto casa.

«Chi è?» Sento Onorina rispondere al citofono e aprire.

«Nooooooo!» urlo io e mi precipito dentro.

«Signorina Michela, le ho ripetuto mille volte che in casa è proibito fumare», mi sgrida lei e continua: «È la signorina Giulia. Io mi assento, vi lascio alle vostre faccende. E spenga quella sigaretta, che non le è di alcun giovamento, tra l'altro».

Sto valutando i vari modi per salvarmi da questa situazione, tipo fingere la morte o procurarmela per davvero, quando Giulia apre la porta accostata direttamente con un calcio e vedo subito il suo anfibio annunciare la sua cordiale presenza. «Sei ridicola, fossi in te mi vergognerei, così almeno avresti davvero un motivo per non uscire di casa!»

«Ciao Giulia, che bello vederti. Chi ti ha detto che sono tornata?»

«Sì, vorrei poter dire la stessa cosa... Me l'ha detto tua madre, mi ha raccontato tutto e io, mossa a pietà, solo per lucidarmi il karma, beninteso, ho deciso di dedicarmi al tuo caso umano. Allora, quante volte ti ho detto che Alessandro è un povero sfigato? Quante, santa pace? Ma come hai fatto a stare con quel cretino e, come se non bastasse, a farti pure lasciare? Dammi da bere...»

Si butta sul divano accendendosi una sigaretta.

«Giulia, non si fuma qui!» mi sento dire.

«Altrimenti che succede? Mamma ti caccia fuori casa? E farebbe bene, cazzo. Guardati, sembri una dodicenne davanti al primo problema, subito a rifugiarsi tra le braccia di mamma!»

«Giulia, se non te l'hanno detto, ho perso anche il lavoro, non ho un soldo!»

«E questo perché sfiga chiama sfiga, è ovvio. A furia di stare con quel crisantemo stitico, sei diventata antipatica a Dio! Ma meno male che qui c'è la tua cuginetta a salvarti il culo, come sempre... Vestiti, dai, usciamo.»

«Non ci penso proprio!»

«Il pensare non era contemplato nella mia frase. Vestiti, ché m'hai fatto venire le rughe pure alle caviglie.»

«Ti ho detto che io non vado da nessuna parte!»

«Quale parte della frase 'vestiti e usciamo' non ti è chiara? Non hai capito che al massimo il problema è mio a farmi vedere con te? Non ti rendi conto del regalo che ti sto facendo?»

Giulia è sempre stata una ragazza molto popolare e io semplicemente sua cugina, quella di cui ci si ricorda giusto il nome.

E questa volta fa sul serio.

Mi accendo un'altra sigaretta. «Va bene, hai vinto ma mezz'ora al massimo...»

«Perché, ti devono cambiare il catetere?» Festeggia così la mia resa.

Quaderno dei ricordi di Aurora Ciancio

In caso di smarrimento, non leggetelo, non ci provate nemmeno (ho solo dieci anni, ma posso diventare molto cattiva) e restituitelo, per favore, a me o al mio papà, in piazza Palermo, 2.

Se non siamo in casa, potete darlo a qualunque vicino, mi conoscono tutti.

Ripeto, se sbirciate, la terribile maledizione del fantasma del monaco amanuense si abbatterà su di voi e sulle vostre famiglie.

È venuta una ragazza molto strana a vivere di fronte a casa nostra.

Casa mia e di papà.

È magrissima e fuma un sacco e mi piace molto il suo gatto.

Il suo gatto si chiama Emanuele e mi sembra un nome molto strano per un gatto, perché c'è un mio compagno di scuola che si chiama Emanuele e lui non mi piace neanche un po', perché mi nasconde sempre l'astuccio e tutto quello che lascio sul banco.

Il gatto Emanuele fa una cosa pericolosissima, spaventosissima da guardare, ma lui è un gatto e non può succedergli nulla: cammina sul cornicione e scappa dalla sua casa, quella della ragazza magrissima che fuma un sacco, e viene a giocare con me.

Anch'io, se fossi Emanuele, preferirei stare con me e non con lei: io gli do sempre un sacco di cose buone da mangiare e lui, mentre faccio i compiti, dorme sulle mie gambe.

Io adoro Emanuele, ma non lo dico a papà perché sono sicura che mi direbbe che non posso prendere in prestito i gatti degli altri, anche se penso che lo abbia capito perché il mio papà è molto intelligente: è un avvocato!

La ragazza magrissima sta sempre chiusa in casa però io riesco a vederla sul balcone quando esce a fumare.

Fumare è una cosa molto scema.

Gli adulti fanno sempre un sacco di cose molto sceme.

So che non bisogna impicciarsi dei fatti delle altre persone, ma io non sono per niente una ficcanaso: io controllo quanto la ragazza magra è triste, se è più o meno triste del giorno prima.

E il risultato del mio controllo è sempre: sì, è più triste di ieri.

Ma non so perché.

Gli adulti sono le persone più strane che conosca e spero di diventare adulta il più tardi possibile perché non ho voglia di essere arrabbiata e triste tutto il giorno, come capita a loro.

Se papà è arrabbiato e triste, però, lo capisco perché prima che cambiasse tutto lui non era così.

Il quaderno dei ricordi lo scrivo anche per lui, perché adesso è troppo triste, occupato e distratto per rendersi conto delle cose belle che continuano a esserci. È un peccato sprecare i ricordi, io li scrivo per questo, per non perderli, per tenere tutte le persone per sempre con me.

Ricordo bello: ho un paio di occhiali nuovi, sono viola, sono bellissimi, con questi occhiali non mi importa che mi chiamino «quattrocchi», anche perché quando qualche mio compagno scemo l'ha fatto, si è sempre preso in cambio degli insulti bellissimi, che ho inventato per queste occasioni e che quindi non aveva mai sentito in vita sua.

Capitolo quattro

Sono ubriaca, sono ancora ubriaca.

Mi giro e mi rigiro nel letto ma il mio corpo è troppo pesante e, soprattutto, c'è questa bomba a mano che continua a esplodermi in testa e non mi fa quasi respirare.

Allungo il braccio verso il comodino, sono le dieci e ho bisogno di acqua, subito.

Devo aver mangiato sabbia a un certo punto, ieri sera, me la sento in bocca insieme a un retrogusto ferroso e acido, come se avessi leccato delle chiavi.

Invece mi sono soltanto sbronzata con Giulia.

Avevo detto che sarei rimasta fuori solo mezz'ora e alle due di notte stavamo entrando nell'ennesimo locale.

Lei è una di quelle che non solo reggono benissimo l'alcol ma, anche da alticce, rimangono sempre padrone di sé, senza tradire disagio alcuno e con gli occhi perfettamente truccati.

Io invece mi metto in modalità gita di quinta liceo e dopo un po' potrei vomitarmi sulle scarpe.

«Hai lasciato tutti i vestiti a Milano?» mi ha chiesto Giulia ieri sera uscendo di casa, giusto per infierire ulteriormente sulla mia autostima già moribonda.

L'ho guardata senza neanche risponderle, chiudendomi alle spalle la porta del mio rifugio antiatomico, e già sentivo di non poter tenere i battiti sotto controllo.

«Aspetta», le ho detto soltanto, e sono ritornata dentro a prendere la boccetta del Lexotan.

«Andiamo bene...» ha commentato lei.

Con il Lexotan in tasca mi sento meglio, magari non lo prendo ma so che è lì, ne ho bisogno.

Sono salita in macchina e la radio si è accesa in automatico: *Absolute Beginners*. Così mi sentivo, come se stessi facendo tutto per la prima volta.

Quando arrivai a Milano, mi credevo immortale, imbattibile, il senso del fallimento e della resa erano una sensazione assolutamente sconosciuta, vivevo come se non avessi dovuto mai morire, e non solo io, anche tutti quelli che mi stavano intorno, ospiti per sempre in un eterno e gaudente presente, fatto di possibilità infinite.

Il futuro paradossalmente non esisteva anche se, sulla carta, stavamo tutti lavorando per quello.

Quando questo futuro è poi arrivato, era ben diverso da come ce lo eravamo immaginato, seduti nei bar a pianificarlo.

Una delle mie coinquiline, all'epoca degli appartamenti in condivisione, quando comunque spendevi cinquecento euro per una stanza, era originaria dell'Eritrea e mi portava sempre a mangiare lo zighinì in via Melzo, nel ristorante di un suo amico.

Di solito cominciavamo la serata al *Picchio*, novanta birre e stuzzichini la cui composizione era difficilmente interpretabile, ricetta segreta come la Coca-Cola: unti, untissimi che ti lasciavano sulle dita una macchia di un rosso brillante e persistente, chimico e scivoloso. E poi, dopo cena, perse nel girone satanico dei locali di Porta Venezia, *One Love*, *Atomic*...

Milano all'epoca era per me quell'attimo beato e irripetibile nella vita in cui non si lotta per la sopravvivenza, in cui mi sentivo aperta, spalancata verso tutta la meraviglia del mondo.

E poi, all'improvviso, mi sono ritrovata depressa in pigiama e spalmata sul divano dei miei.

Ora mi sento chiusa, una porta blindata la cui chiave è stata buttata in fondo all'oceano.

«A cosa pensi?» mi ha chiesto Giulia mettendo in moto la sua decappottabile, uno dei frutti della sua separazione dorata.

«Facciamo che provo a non pensare, questa sera? Perché se dovessi rendermi conto che mi sono lasciata convincere a uscire con te, potrei anche iniziare a urlare.»

«Finalmente avresti una reazione sana, baby!» E si è messa a suonare a una macchina ferma al semaforo ancor prima che scattasse il verde.

Mi ha portato in un baretto vicino all'Università, però di studenti nessuna traccia: solo quarantenni molli e pensierosi e donne uscite direttamente dalla *rive gauche*.

Mi sono guardata intorno stranita e Giulia: «Non ti preoccupare, amore, solo apparenza. Gente che va in giro con la reflex e fuma con il bocchino ma, in realtà, la cosa più elevata che hanno letto sono i pensieri di Osho e molti di loro non li hanno neanche capiti».

Ci siamo sedute fuori, nel dehors, e ha ordinato per entrambe, non senza avere prima un alterco con la ragazza che serviva ai tavoli, piuttosto antipatica, lo riconosco.

«Non facciamo servizio al tavolo», ci ha detto a brutto muso.

«E chi t'ha chiesto niente?» le ha subito risposto Giulia, mentre baciava con gli occhi il ragazzo dietro il bancone, che prontamente si era avvicinato.

«Ciao tesoro!» l'ha salutato allegra.

«Una bottiglia di chardonnay?» ha chiesto lui, prendendosi i baci che Giulia gli ha stampato sulla faccia.

«Mi conosci bene, tesoro...» ha miagolato lei arricciando le labbra e piegando la testa di lato. «Lei è mia cugina Michela, è appena tornata da Milano», ci ha presentato.

«Tutte belle in famiglia, eh?» ha commentato quel cicisbeo, baciandomi la mano.

Mi sono limitata a sorridergli. Come si permetteva questo sconosciuto di fare un complimento alla regina delle depresse?

«Certo che potresti anche sforzarti di essere più simpatica.»

«Essere simpatica non faceva parte del programma, se non sbaglio.»

«Lo dico per te, bella, mica per me, io lui me lo sono già fatto.» Tutto questo mentre la cameriera antipatica continuava a fulminarla con gli occhi e mi era finalmente chiaro il motivo di tanto odio.

«Allora, Morticia, come possiamo fare per farti risorgere?»

«Giulia, non ho nessuna intenzione di...»

«Hai mai sentito quella storiella che crisi significa opportunità?»

«Appunto, è una storiella!» Ho iniziato a innervosirmi, mentre il traffico cittadino si gonfiava intorno a noi.

«Alessandro era uno sfigato, sono anni che te lo diciamo, tesoro, ma eri così ossessionata!»

«Innamorata, Giulia, non ossessionata!»

«Ti sbagli, bella bimba, Alessandro senza te non sarebbe mai esistito, era una tua creazione! Dai, parliamoci chiaro: non ti scopava, e se lo faceva, te lo faceva pesare, era pieno di problemi, totalmente dipendente da mammina, pusillanime e, in verità, aveva anche il braccino corto. In più si vestiva di merda! Ti ricordi che scarpe aveva quando me l'hai presentato? Mio Dio, mi viene da vomitare solo al ricordo. E i suoi amici? Ne vogliamo parlare?»

«Anche no!»

«Anche sì, bella... Un branco di disagiati...»

Giulia ha continuato la demolizione del mio ex fidanzato, ma io ho messo la testa in pausa e vagavo intorno con lo sguardo.

La mia scuola superiore, quel liceo classico che regalava medagliette di supposta superiorità morale e intellettuale a chi lo frequentava, ci osservava dall'altra parte della strada.

Ero una dannata secchiona all'epoca, mi interessava solo studiare, il resto lo consideravo non alla mia portata, irraggiungibile.

Non curavo granché il mio aspetto fisico, non ero come le altre. E con il senno di poi, ho compreso che l'unico modo per essere come le altre era darla: se la davi, diventavi popolare di default, era l'unica cosa che davvero contava.

Tutto questo portò al consolidarsi della prima falla nella mia personalità, ossia l'odiosa tendenza a innamorarmi di chiunque si rivolgesse a me.

Ma adesso basta, ho smesso, lo giuro.

Ho smesso proprio di amare, elimino il problema alla radice.

Voglio strapparmi di dosso la mia femminilità, non far mai più cadere nessuno in tentazione, me per prima. La saracinesca è chiusa per sempre, ne ho abbastanza.

«Va bene, bambolina, dico una cosa e chiudo. Io – e sai che su queste cose non mi sbaglio – sono fermamente convinta che il problema di fondo con Alessandro sia stato un altro.» Intanto avevamo cambiato locale e lei stava tirando giù un sorso dell'ennesimo Old Fashioned della serata.

«Quale sarebbe stato il problema, sentiamo.» Cominciavo a essere abbastanza alticcia.

«È un uomo completamente irrisolto, sta cercando qualcosa, ma neanche lui sa esattamente, cosa...»

«Io cercavo lui e l'avevo trovato!»

«Al posto di Alessandro ci sarebbe potuto essere chiunque altro e tu lo sai.»

«No, non è vero!»

«Sì, è vero!»

«Ok, altri due Old Fashioned, grazie!» ho chiesto al ragazzo barbuto dietro il bancone che, da quando eravamo arrivate, non aveva smesso di fare il galante con noi.

«Grazie, Diego», gli si è rivolta Giulia, afferrando il suo nuovo amico alcolico. «Michela, è semplice: a te piacciono gli uomini – anche se mi risulta faticoso definire uomini i bifolchi con cui ti sei sempre dilettata – e Alessandro è poco più di un adolescente, sempre confuso, sempre agitato, sempre depresso. È rimasto alla fase Kurt Cobain della sua vita. Io temo che, se potesse, durante il temporale si rifugierebbe nel lettone con mammina. Sei andata in fissa, hai fatto la crocerossina: un grande classico, non sei diversa dalle altre.»

«Giulia, ovviamente, tu non sei inclusa nella categoria delle altre, vero?»

«Certo che no! Sto facendo della mia vita un'opera d'arte...»

Mi ha fatto lo sguardo che annunciava il colpo di grazia. «E poi, sinceramente, aveva le sopracciglia rifatte in un modo superagghiacciante. Dai, roba da andare in galera!»

«Sei diventata un'attenta studiosa della vita e delle opere di Alessandro?» Mi sono messa a ridere insieme a lei. L'ho guardata: riesce sempre a placare un po' le mie tempeste. È stato così sin da ragazzine, quando cadevo e mi facevo male e lei mi curava con gli impacchi di caramelle.

«Non ti rimbecillire dietro i ricordi, baby. C'è tutto un mondo pieno di futuri ex fidanzati lì fuori!» ha concluso.

La mia attenzione si è spostata su un gruppo molto chiassoso, seduto accanto a noi, composto da due uomini e una donna.

L'uomo più anziano è il capobranco, con una faccia da cane rincagnato e il corpo simile a una lattina di Coca-Cola, di quelle vecchie. Tossiva, sputava, urlava e bestemmiava contemporaneamente con una voce che sembrava un coltello che sfrega contro una grattugia di metallo. Accanto a lui, probabilmente la sua fidanzata, più interessata allo schermo del cellulare che al resto, sembrava aver appena scoperto di avere il pollice opponibile. L'altro uomo, fronte bassa e occhi piccoli, si guardava intorno spaesato, beveva a piccoli sorsi quello che rimaneva di un bicchiere di birra e sembrava triste.

C'era quella bella massima che sosteneva che bisogna essere sempre gentile con gli altri perché ognuno sta combattendo con la vita una guerra di cui non sappiamo nulla.

Bene, se è così, quei tre mi facevano venire voglia di mettere fine alla loro agonia.

«Allora, che ne pensi?» Giulia mi ha riportato alla mia di guerra.

Ho strabuzzato gli occhi.

«Da quant'è che non mi stai ascoltando?» E con la velocità del serpente a sonagli ha ordinato un altro drink.

Da una vita, Giulia, evidentemente, visto che continuo a sbagliare tutto.

E ho sbattuto la testa sul tavolino.

Conosco da tempo gli effetti di una sbronza.

Quando cominci a bere, vieni preso da quel generico senso di euforia che ti fa amare l'umanità e ti convince che vivi in un mondo buono e gentile, che i problemi non sono problemi, le persone intorno a te sono più belle, la musica è quella giusta. Sei la regina della serata, affascinante, ben vestita, abbronzata, ti sono cresciute anche le tette. Poi ti risvegli sudata nel tuo letto, con la forza di gravità che ti schiaccia contro il pavimento, gli ippopotami del delta del Niger che provano schemi di rugby nella tua testa, in bocca quella mortale sensazione di esserti abbeverata alle fogne di Calcutta e, soprattutto, un senso di fallimento e sconfitta che ben presto si trasforma in apocalisse e autocommiserazione: tutte le altre sono sposate, hanno figli, hanno un lavoro, hanno una casa, tutte le mie amiche non escono di notte inseguendo un ultimo bicchiere che non arriva mai, tutte le altre sono più di me, qualunque cosa più di me...

E, soprattutto, ormai, hai un'età per cui i postumi della sbronza ti durano ventiquattro ore.

Cado giù dal letto, con la promessa di bloccare per sempre Giulia sul telefono, su WhatsApp, Facebook... Devo impedirle di riavvicinarsi a me in ogni modo.

Cerco la strada della cucina.

«Ma questa non era la tua fidanzatina del liceo?» È la voce di mia madre.

«Sì, al liceo, Carla, cinquant'anni fa», risponde mio padre.

«Dovresti cancellarla dagli amici di Facebook.»

«Ma mi ha solo messo un 'mi piace' alla foto...»

«Sì, però in questa foto sei in costume da bagno!»

«Vedi che pezzo di marito che hai ancora?»

«Giovanni, io non scherzo...»

Li trovo davanti allo schermo del computer di mio padre, a spulciare insieme l'attività social del mio genitore. Ancora non me ne faccio una ragione: ha un profilo Facebook estremamente attivo, mentre Carla, che sostiene di non avere il tempo per queste sciocchezze, pratica quotidianamente un controllo delle attività di suo marito e so che questa ex fidanzata del liceo tra meno di cinque minuti sarà soltanto un ricordo.

Mia madre solleva per un attimo lo sguardo dallo schermo, senza però mollare la presa del mouse. «Che faccia hai?» mi interroga.

«Grazie per aver detto a Giulia che sono qui.»

«Che noia che sei, figlia mia.» E torna a concentrarsi sulla ben più importante attività di controllo della vita di suo marito.

«Signorina Michela, le ho preparato del caffè», mi urla Onorina nelle orecchie, e capisco subito che devo uscire di casa quanto prima perché se mi curo i postumi in questo inferno posso solo morire.

Pesco a caso dal mucchio di vestiti ai piedi del letto e mi ritrovo con indosso un paio di jeans e una felpa con il cappuccio: sotto nulla, neanche il reggiseno: è una delle tante costrizioni che in questo periodo non tollero.

Scendo velocemente le scale, non prendo praticamente mai l'ascensore.

È quasi ora di pranzo. Quinto piano sugo di pomodoro, quarto piano frittata, terzo piano pesce arrosto, secondo piano sto per vomitare perché tutti questi odori di cibo hanno drammatizzato la mia nausea da sbronza.

Mi fermo un attimo a riprendere aria nell'atrio in perfetto stile tirolese e mi interrogo sulla follia degli architetti: qui a Piccola Città ho visto palazzi la cui facciata ricorda gli antichi templi greci accanto a edifici che sembrano navicelle spaziali convertite ad abitazione civile, accanto a masserie rimodernate con lo stesso criterio con cui una soubrette di Mediaset si rifà zigomi e tette.

Avverto un senso di inadeguatezza.

«Seratina?» Una voce mi arriva dal sottoscala, dove il designer d'interni, degno sodale dell'architetto pazzo, ha collocato un trionfo di piante di plastica retroilluminate da un neon da sala operatoria.

Una figurina smilza mi viene incontro e riconosco la bambina dell'appartamento accanto, quello dove il gatto va a cercare la vita migliore che io gli nego.

«Scusa?» le faccio calandomi sul viso gli occhiali scuri che fino a quel momento avevo tenuto sulla testa.

La faccia della piccola, questo avanzo di scuola elementare, si apre in un sorrisetto furbo, di chi la sa lunga: «Ti ho visto rientrare questa notte...»

«A quell'ora non dormi come tutti quelli della tua età?»

«No, se ho cose più interessanti da fare.»

Un caschetto biondo e arruffato, occhi blu e occhialoni viola grandi e pesanti, anche lei, come me, jeans e felpa con il cappuccio.

«So riconoscere le conseguenze della vodka, frequento voi adulti da quasi dieci anni.»

«Buongiorno!» Il signor Chironi del secondo piano ci sfila accanto e spero non abbia sentito nulla della nostra conversazione.

«Come ti chiami?»

«Michela...»

«Io Aurora!»

«Ciao Aurora, ci vediamo, devo andare...»

«E quando ci vediamo, se non esci quasi mai?»

«Ma che ne sai tu?»

«Qui lo sanno tutti che tu non vuoi più uscire dalla tua stanza. Cosa fai? Guardi la televisione? A me non piace la televisione, si agitano tutti e mi viene da vomitare. Lo sai che una volta ho vomitato in macchina perché c'erano troppe curve? Stavamo andando in montagna e per forza dovevano esserci troppe curve e così mi sono sentita male. Però quando guardo la televisione, mi viene da vomitare anche se sto ferma. La vuoi sapere una cosa?»

«Ho forse scampo?»

«Non avevo mai visto una persona adulta come te, e io ne conosco tanti di adulti, sai? Più che bambini... I bambini mi annoiano, soprattutto le bambine mi annoiano. Hai figli?»

«No.»

«Ne avrai?»

«No.»

«E come fai a saperlo?»

«Fidati.»

«Non mi posso fidare, ancora non ti conosco!»

«Ecco, brava, allora i tuoi te l'avranno detto che non devi parlare con gli sconosciuti, vero? Adesso, scusami ma devo andare. Fai la brava!» E mi lascio alle spalle questa gnoma rompiscatole.

Mi dirigo verso il bar sotto casa, centro operativo del quartiere, ritrovo di vecchiette postmessa che commentano le prodezze del prete, ultras della squadra locale che commentano le prodezze dei loro beniamini, giovani fannulloni come me che commentano le prodezze di alcune donne di passaggio.

Ci trovi sempre il quotidiano locale e la *Gazzetta dello Sport*, in genere al centro di furiose dispute su chi abbia il diritto di leggerla prima.

«Entriamo in ospedale sani e ne usciamo morti...» Capto la conversazione tra due anziane donne che bevono un caffè, sedute fuori.

«I tagli, i tagli alla sanità, è questo il problema. Ci sono molti più malati che dottori, Rosaria!»

«Con tutte le tasse che paghiamo e il lavoro che comunque non c'è! Io sono fortunata perché ho la pensione ma mio nipote? Come farà mio nipote alla mia età?»

«Se ci arriva!» puntualizza l'altra, che ha pensato di eliminare così il problema, pragmatica e risolutiva come un ministro del Welfare.

Mi siedo al tavolino e respiro piano.

Ho un'ansia addosso che tutto il Lexotan del mondo non può spianare.

Istintivamente tocco la boccetta che, come sempre, ho portato con me.

Che cosa penserebbero le vecchiette se mi vedessero fare colazione con l'ansiolitico? Pronuncerebbero anche per me una sentenza di morte precoce? Ma, si sa, gli eroi son tutti giovani e belli...

«Se quest'anno non fanno una campagna acquisti come si deve, gli tiriamo giù lo stadio, adesso basta!» Un gentiluomo rasato espone il suo punto di vista a un gruppetto di amici, già intenti a gustare secchiate di birra.

Guardo passare un bambino che fa le bolle di sapone e penso a questa città.

Piccola Città è cupa anche in alta stagione, e da quando sono tornata mi sembra di vivere un eterno giorno della marmotta.

Eppure un tempo in questo quartiere stavo bene, ero felice.

Quando ero bambina, d'estate c'era un gelataio, Franco. Passava su un motorino riadattato a gelateria – due ruote, un manubrio, un motore e una ghiacciaia montata davanti – e ci provocava ogni pomeriggio, verso le quattro, al grido di: «Gelati, bimbi belli, gelati... Piangete che la mamma ve li compra!»

Aveva solo quattro gusti: cioccolato, fragola, limone e il famoso gusto arcobaleno, ossia un pastone ghiacciato creato mescolando gli avanzi a fine giornata.

Conservavamo i pochi spicci nelle tasche dei pantaloncini, ben attenti a non perderli durante i nostri giochi, e poi quando arrivava Franco lo prendevamo d'assalto, accerchiandolo fin quando non ci serviva il cono già zuppo e molle, rigato da rivoli di gelato sciolto.

Ci mettevamo seduti sul marciapiede tutto rotto, esploso per le spinte delle radici degli alberi, assediati dalle formiche che venivano a banchettare nei laghetti di gelato che si formavano ai nostri piedi.

Rimanevamo lì a programmare il pomeriggio di giochi e quando si rientrava a casa, verso le otto di sera, c'era sempre qualcuno con le ginocchia sbucciate e qualche torto gravissimo da vendicare il giorno dopo.

E questa era la nostra vita.

Adesso è un casino.

«Ciao!» Non faccio in tempo a voltarmi che Aurora si è già seduta al mio tavolino.

«Che fai? Mi segui?» le chiedo, mentre saluta praticamente tutti gli avventori del bar, ultras compresi.

«Sì», mi risponde senza vergogna posando una borsina di pezza rosa sul tavolo. «Ho fame, mi offri una pasta?»

«È quasi ora di pranzo, ti si rovinerà l'appetito...» le rispondo, ma lei è già davanti al bancone a prendere in consegna due grosse brioche.

La guardo in silenzio fino a quando non si siede di nuovo.

«Ho preso qualcosa anche per te.»

«Non ho fame, grazie.» E mi accendo una sigaretta.

«Che vizio orribile...» mi liquida lei dopo aver finito la prima brioche.

Mi indica la seconda: «La posso mangiare io?»

«Non dovresti ingozzarti così», la provoco.

«Tu invece dovresti mangiare di più!» Non perde un colpo, la ragazzina.

Ripenso a ciò che di solido ho buttato giù nelle ultime ore e alle ossa che tra un po' mi tagliano la pelle. Ha ragione, ma non posso mettermi a discutere di questo con una sconosciuta di quasi dieci anni che, occasionalmente, sfama il mio gatto.

«È vero che vivevi a Milano?»

«Sì.»

«È bella Milano?»

«Dipende da quello che ti succede.»

«E a te cos'è successo?»

«Troppo lungo da spiegare.»

«Io ho tempo, ho già fatto tutti i compiti. Pensi di poter finire entro oggi?»

«Non credo.»

«E perché? Quante cose ti sono successe?»

«Parecchie, piccola, ma non mi va di parlarne.»

«La mia migliore amica si chiama Agata però credo voglia diventare la migliore amica di Lorena, dal prossimo anno. Mi piace leggere, vorrei avere un pappagallo ma papà non vuole. Ecco, adesso ti ho raccontato un po' di me, tocca a te.»

Apre la borsina e tira fuori un quaderno e una penna e li dispone ordinatamente sul tavolino.

«Che fai, mi vuoi intervistare?»

«No, prendo nota dei miei ricordi più belli e lo faccio prima di dimenticarmene. Questo con te mi sembra già un bel ricordo.»

Con una grafia confusissima verga qualcosa su un foglio già scritto. Riesco a intravedere il ricordo precedente: *Ho pattinato con papà... Gelato... Ombra.*

«Rimani qui o torni a Milano?» riprende a interrogarmi.

«Non lo so, per adesso torno a casa. Buona giornata, Aurora!» Pago e vado via. Preferisco, mio malgrado, l'affollamento di casa mia a questa piccola ficcanaso.

Quaderno dei ricordi di Aurora Ciancio

Ho deciso di indagare, come Harriet di «Professione spia», la protagonista di un libro bellissimo che mi ha regalato papà e ho letto in un solo pomeriggio.

Devo scoprire perché è così triste e perché è arrivata qui, nella casa di fronte alla nostra, dove stava prima, e se anche per lei c'è stato un giorno in cui tutto è cambiato.

Per prima cosa, ho scoperto che si chiama Michela. Mi sembra un bel nome, un nome che se fosse un colore sarebbe l'arancione, se fosse una cosa da bere sarebbe un succo di frutta alla pesca, se fosse una cosa da mangiare sarebbe un panino con il pomodoro.

Quindi mi fido. Papà mi dice sempre di fare attenzione, ma dice anche di fidarmi di quello che sento, e io sento che Michela mi piace e non mi piace che sia triste.

Qualche giorno fa ho sentito due signore con i nei in faccia e le collane d'oro intorno al collo tutto moscio che abitano qui nel palazzo, e non mi sono molto simpatiche perché sono sempre vestite di marrone e parlano sempre male delle persone, che dicevano che Michela non ha più un lavoro e un fidanzato. Io non capisco bene, ma potrebbe cercare di trovare un altro fidanzato e un altro lavoro, se questo è il suo problema, e non stare chiusa tutto il giorno in casa.

Anzi, se sta chiusa in casa, non troverà davvero un bel niente!

Gli adulti perdono solo tempo in cose molto stupide, tipo parlare male degli altri e stare chiusi in casa quando fuori è una bella giornata!

Comunque, l'ho seguita e ho provato a parlarci: è davvero scontrosa, non vuole rispondere alle mie domande, non collabora e devo trovare un altro modo per farci amicizia.

Tra l'altro, quando l'ho vista, aveva una faccia tutta accartocciata, come se un canguro l'avesse prese a calci tutta la notte.

I canguri mi piacciono, anche se hanno un corpo stranissimo e poi hanno quella specie di borsina in cui mettono il loro cucciolo.

Il canguro è un misto tra un coniglio, un cavallo su due zampe e un criceto, ma se si arrabbia è meglio scappare perché potrebbe farti davvero male.

L'abbiamo studiato a scuola.

Secondo me, le sono simpatica e per farla sentire a suo agio le ho raccontato alcune cose di me, ma non ancora quella più importante.

Ricordo bello: dopo aver mangiato due brioche con Michela, ho mangiato una cotoletta con le patatine fritte con papà.

Le patatine mi piacciono fritte e a forma di bastoncino. Le altre no, secondo me hanno proprio un sapore diverso, anche se papà dice che sono tutte uguali.

A volte si perde i dettagli, le sfumature!

Capitolo cinque

«Mi dispiace, la signora non è in casa.» Mi fermo sulla soglia del salotto e sorprendo mia madre che, al telefono, sostiene di non essere in casa.

Si accorge della mia presenza e mi intima il silenzio. «Sì, capisco, ma non sono autorizzata, è la signora a occuparsi di queste cose.»

Continuo a guardare la scena. «No, non può richiamare, la signora è partita per un lunghissimo viaggio e nessuno sa quando tornerà.» Chiude e sospira.

«Mamma, hai preso in giro un povero ragazzo del call center?»

«Sì.»

«Ma è crudele e immorale!» protesto.

«La vita non è una passeggiata, bambina mia.»

E mi lascia lì con la mia indignazione.

Mi piomba addosso Onorina con la sua immancabile aspirapolvere: la colonna sonora delle mie nuove giornate.

Sta sempre lì a pulire, prendendosela con il gatto che perde il pelo in continuazione. «Non v'è mai fine, non v'è mai termine...» la senti sospirare, come una perfetta donna Rosa della sua soap, e mi tiene d'occhio sempre.

So che è triste per me, per la sua nipotina italiana.

«Signorina Michela, gradisce del tè? Potrebbe darle un po' di forze...» e mi passa la mano polverosa sulla guancia.

«No, grazie, Onorina. Posso farti una domanda?»

«Sono ben lieta di risponderle, signorina!» E quasi si mette sull'attenti.

«Che problemi ha la bimba che abita qui accanto?»

«Oh, la piccola è così sfortunata, signorina. Ha perduto la mamma ed è tornata a vivere qui con il padre. Sfortunata ma davvero gentile e ben educata!»

«Ah...» La notizia mi gela e ripenso alla mia scortesia di poco fa.

«Il padre è un simpatico giovanotto, credo suo coetaneo, signorina Michela, sempre affaccendato, sempre di furia. La piccola Aurora passa molto tempo in solitudine, ma è una bambina molto matura e responsabile.»

«Bene, grazie, Onorina.» La mia zia filippina è decisamente una fan della ragazzina.

Mi butto sul divano pensando alla mia vicina di casa, piccola, troppo piccola per tenersi addosso di già un dolore così sconfinato.

Vorrei sapere di più, ma evito di fare altre domande, non avrebbe alcun senso la mia curiosità. Non cambierebbe nulla, non sono comunque interessata, il mio ridicolo dolore mi ha reso poco empatica, una brutta persona.

L'inquilina del piano di sopra sta raccontando al telefono gustosi pettegolezzi su gente che non conosco, però sembra avere vite interessanti. Come sempre urla, ma non sta ferma e non riesco a seguire puntualmente il racconto delle infedeltà della sua amica.

Da quando mi sono chiusa in casa, mi dà gusto spiare le vite degli altri.

Mi metto alla finestra e guardo, semplicemente.

Tutto è più vecchio di vent'anni, là fuori, e io sono vecchia ancor di più.

Quando sto molto male, la mia depressione va in scena in due modi distinti, conseguenti l'uno all'altro: un'eccessiva socialità seguita a ruota dalla sparizione dal mondo.

Ora mi trovo in questa seconda fase ma la mia immediata reazione a Milano, prima del crollo definitivo, è stata quella di diventare la regina delle feste e presenziare a ogni aperitivo ed evento mondano dove valesse la pena essere visti.

Quando fai l'aperitivo a Milano, ossia ogni santo giorno che Dio manda sulla terra, tutti sembrano sempre molto divertiti, consapevoli di essere nel qui e ora della loro vita, incuranti dell'eccessiva sapidità di quella dannata pasta fredda e chimica, condita da pomodori molli e in fin di vita, arrivando addirittura a emettere gemiti di estasi quando dalle cucine vengono fuori i vassoi colmi di patate dalla superficie dura e l'interno stopposo e farinoso.

Sempre uguali, ovunque tu vada, tutto ripetibile all'infinito come da McDonald's.

Il sale nell'aperitivo milanese è come la burocrazia in Italia: tutti se ne lamentano, però nessuno fa niente. E allora, avanti popolo delle diciotto e trenta, avanti verso un radioso futuro di ipertensione e ritenzione idrica.

Io vivevo così, in un eterno aperitivo, ma tutto quello che facevo era per sentire di meno la devastazione che l'abbandono di Alessandro mi aveva procurato.

La perdita del lavoro mi pesava di meno.

La fine di una storia d'amore coincide con la perdita di un'identità. Ci ritroviamo cacciati dalle nostre stesse vite, a inventarci un nuovo nome, un altro domani, giacché il passato che abbiamo appena finito di costruire era tutto sbagliato.

In *Matrix Revolutions* a un certo punto qualcuno dice: «È sorprendente quanto il modello comportamentale dell'amore sia simile a quello della demenza».

Appunto.

Un suono acuto, lacerante, mi fa esplodere per l'ennesima volta il cervello, un miscuglio indecifrabile di rumori fusi tra loro.

Stringo gli occhi, dolorante, le lamelle di luce che entrano dalla finestra brutalizzano le mie cornee. Ficco la testa sotto il cuscino.

Questo però non riesce ad arginare l'apocalisse che, da qualche parte, qualcuno produce.

Isolo un suono più distinguibile dagli altri, familiare ma, comunque, fastidioso.

«Apriapriapriapriapriiiiiiiiiii...»

Una voce giovane, sorprendentemente orribile.

«Apriapriapriapriapriiiiiiiiiii...»

Comincio a distinguere anche altri suoni: il campanello di casa e mani e piedi che cercano di sfondare la porta.

Perché ce n'è sempre una?!

Striscio verso l'ingresso, ripassando mentalmente alcune tecniche di tortura in voga durante il Medioevo, con il fermo proposito di farle ritornare di moda.

Con una serenità da Antico Testamento apro e so già chi troverò dall'altra parte.

Ma non posso immaginare che cosa!

«È caduto... è caduto... è caduto dal balcone», mi dice Aurora, inghiottendo lacrime e moccio e stringendo a sé Emanuele.

Il gatto inerte tra le braccia della piccola, il muso sporco di sangue rappreso, mi crea una nuova esplosione in testa che mi costringe a chiudere gli occhi sperando che, riaprendoli, tutto scompaia.

Invece no, sono ancora lì, con gli occhi di Aurora che mi supplicano di prendere in mano la situazione e, possibilmente, risolverla.

«Conosci un veterinario?» le faccio, recuperando briciole di lucidità.

«Sì», geme lei, e imbocca di corsa le scale senza aggiungere altre parole.

Così come mi trovo, in pigiama e mal di testa, cominciamo insieme a correre verso il dottore, lei spedita davanti, il gatto ciondolante in braccio, e io dietro che arranco per l'età e le troppe sigarette. Uscendo, travolgiamo la signora del quinto piano, quella che ha litigato con tutto il palazzo: «Non si corre nell'atrio!» Le sue grida ci rimangono attaccate alle scapole, mentre giriamo e voltiamo, saliamo su marciapiedi, ingombriamo piste ciclabili, spesso utilizzate come parcheggio qui a Piccola Città.

Il cuore pompa forte, sta per spaccarmi le ossa e la pelle: spero che il veterinario possa dare una controllatina anche a me.

Fortunatamente, la nostra corsa si conclude in breve tempo: appena prima che io possa davvero morire di troppo movimento, Aurora si infila nel cortiletto di una piccola casa.

DOTT. FILIPPO BLEVE. MEDICO VETERINARIO: l'angolo del

mio occhio sinistro registra questa informazione. Siamo nel posto giusto.

Quando entro anch'io, la piccola, piangendo, ha già messo tra le mani del dottore il gatto ed è sprofondata esausta su una sedia della sala d'aspetto.

Mi sistemo di fronte a lei, con la maglietta del pigiama fradicia per il caldo di questa mattina di inizio maggio e per la corsa.

La testa mi fa meno male, il dolore ha deciso di andare a visitare altre parti del mio corpo, ricordandomi di muscoli che non credevo più di possedere.

Mentre aspettiamo, mi accorgo che anche Aurora, adesso silenziosa e assente, è uscita di casa in fretta, con indosso un pigiamino bianco a righe blu e un cuore rosa sul petto, proprio sopra il suo, ancora accelerato per lo spavento e la corsa, e ha i capelli appiccicati al volto e, sulle mani paffute, un poco del sangue di Emanuele.

Guarda dritta davanti a sé, forse sta imparando a memoria quel manifesto informativo sulla leishmaniosi appeso alla parete di fronte.

«Non dovrebbe essere niente di grave», ha detto il veterinario. «Stai tranquilla.»

In effetti dovrei essere più agitata di lei, visto che Emanuele è, a tutti gli effetti, un membro della mia famiglia, ma negli occhi della piccola c'è una mancanza di pace quasi intollerabile.

Rompe il silenzio con una voce sottile che viene da chissà dove. «L'ho sentito miagolare e mi sono affacciata dal balcone. Era rannicchiato in un angolo del giardino, sotto la buganvillea e poi ho visto la scia di sangue...» Scoppia a piangere, con i capelli che le nascondono il volto da bambolina.

Forse dovrei abbracciarla, dirle qualcosa, ma rimango in silenzio a mordermi le labbra.

Entra una vecchina con un coniglio nella gabbietta, procede a scatti, con passi faticosi – ogni centimetro guadagnato è una conquista – fino al desk dove l'infermiera riceve i nuovi pazienti. «Camillo è triste stamattina», informa l'infermiera cubica e rubizza che l'accoglie in sala d'aspetto.

«Si accomodi, signora Rosina, il dottore si libererà a breve», le risponde con la familiarità di una vecchia conoscente.

La signora Rosina si siede e lei e Camillo cominciano a guardarsi negli occhi.

Aurora si risveglia per un momento dal suo dolore e si avvicina alla gabbietta.

«Posso fargli una carezza?» chiede alla signora Rosina, che le risponde con un lieve movimento di naso e bocca, sorridendole.

La piccola infila un dito nella gabbia, Camillo lo annusa e sembra subito meno triste, anche senza le cure del veterinario.

Aurora invece lo è ancora.

Finito con il coniglio, mi si mette accanto, prende una rivista dal tavolino basso della sala d'aspetto e la sfoglia un po', senza leggerla veramente.

«Lo sai che i conigli sono erbivori e vivono in tane sotterranee?» Mi guarda attraverso gli occhiali con la montatura viola.

«No, non lo sapevo», rispondo io.

«Una volta, nell'altra casa, ce l'avevo un coniglio, si chiamava Poto, e faceva la cacca a pallette e se lo lasciavi libero rosicchiava tutto. Poi papà mi disse che era scappato, ma io lo sapevo che, invece, era morto. Che stupida cosa raccontare queste bugie ai bambini. Io glielo lascio fare perché gli voglio bene e non voglio dargli un dispiacere, però mi sembra proprio stupido quando inventa queste bugie!»

La guardo e mi limito ad annuire.

Rimette a posto la rivista – ha le unghie colorate con uno smalto ormai sbeccato che lascia intravedere una linea di sporco – e si mette a grattare via una crosticina sulla mano. «Sono caduta con la bici», mi informa. «Ti piace andare in bici?»

Rivado con il pensiero a Milano e alla mia bicicletta nera Kodansha, comprata per cinquanta euro alla fiera di Senigallia, una mattina di febbraio con la mia amica Antonella: una bicicletta bellissima ma dalla provenienza oscura.

Ho in mente una lunga pedalata fino a Isola e il consueto pranzo del sabato da Luca, mentre intorno urlava il mercato settimanale. E noi sedute sul muretto a stordirci di birre e chiacchiere, aspettando che arrivassero gli altri.

Il mercato del sabato mattina a Isola è una delle cose di Milano che più mi manca.

Mi mancano meno le cadute che mi facevo scivolando sul pavé oppure rimanendo incastrata con le ruote nei binari del tram.

Aurora interrompe i miei pensieri: «A cosa pensi?»

La guardo e accavallo le gambe, facendo spallucce.

La ragazzina mi pianta lo sguardo addosso, mettendomi a disagio.

«La smetti di guardarmi?» sbotto.

«Perché?»

«Perché non mi piace!»

«Perché?»

«Perché no, dai, smettila di farmi l'interrogatorio!»

«Non ti sto facendo un interrogatorio, stiamo solo chiacchierando...»

«Non ho voglia di chiacchierare, allora.» Spero così di placarla.

In effetti, rimane zitta, si riallaccia le scarpe e si sistema un ciuffo di capelli dietro l'orecchio.

«Quanti anni hai?» riprende inesorabile.

«Tanti in più di te, potrei essere tua madre», e già so di aver detto l'unica cosa che avrei dovuto tacere.

Smette di guardarmi.

«Scusami...» le faccio.

«Non ti preoccupare, ci sono abituata.» Tira su le spalle e lancia un'occhiata veloce a Camillo, mentre io mi vergogno per il semplice fatto di esistere.

«Trentasei, quasi trentasette», le rispondo come avrei dovuto sin dall'inizio.

«Quando sarà il tuo compleanno?» mi chiede subito, senza il minimo turbamento.

Mi ha definitivamente incastrato nella conversazione che cerco di evitare da giorni.

«Potrei organizzare una festa a sorpresa!» continua saltando sulla sedia.

Mi metto a ridere. «Se me lo dici che sorpresa è?» le chiedo. Comincia a divertirmi, questa bambina.

«Ma tu non lo sai cosa accadrà durante la tua festa! Sarà una sorpresa... Tutte le feste sono feste a sorpresa!»

«Be', sì, vista così hai ragione!» gliela do vinta.

«Dammi il numero di telefono dei tuoi amici e magari invito anche il mio papà. Lui è vecchio come te, è da tanto che non va a una festa, potrebbe mettersi quella maglietta che gli ho regalato...»

Mentre lei continua a borbottare, diventando solo un rumore di fondo, mi tornano in mente le parole di Onorina. «È spirata giovanissima con la piccola che aveva pochi anni...»

«Aurora!» Il veterinario irrompe finalmente sulla scena. «Tutto bene, si è solo tagliato un po' il muso, per questo sanguinava così tanto.» E le passa il gatto ancora stordito, che non prende neanche in considerazione l'ipotesi di venire dalla sua legittima proprietaria.

«Tenetelo sotto osservazione per qualche giorno, null'altro.»

«Grazie!» Aurora lo abbraccia ed Emanuele insieme a lei.

«Lei è Michela, è tornata a vivere qui da un po', prima stava a Milano.» Ci presenta e io e il dottore ci stringiamo la mano.

Mi sento automaticamente a disagio, in piedi davanti a lui in pigiama, con le ascelle sudate e la moquette sulle gambe.

«Piacere», ricambia invece lui rilassato. «Aurora ha l'abitudine di salvare tutti gli animali del quartiere.» Mi spicga così il perché di tanta familiarità.

Salutiamo tutti, signora Rosina e Camillo compresi, e Aurora mi passa Emanuele. Era una vita che non lo toccavo e lui, evidentemente contento di essere ancora tra noi, vibra di fusa e beatitudine; abbiamo fatto la pace dopo mesi di dissapori: il mio ritorno ha destabilizzato la sua tranquilla routine, privandolo del dominio incontrastato del divano.

Mi sono messa, praticamente, a fare la sua stessa vita, ma godendomela di meno.

«Lo sapevo dalla prima volta che ti ho visto che saremmo diventate amiche!» mi fa Aurora, saltellando e accarezzando Emanuele tra le orecchie, sulla via del ritorno.

E io da tempo non mi sentivo così utile, con la pelle calda e reattiva e la pancia che mi brontola per la fame.

«Si può sapere dov'eri andata a finire? E cos'hai sulle mani? Sangue?»

Siamo accolte così, all'ingresso del palazzo dove abitiamo, da un uomo sconvolto e sudato che si agita davanti a noi.

È il padre di Aurora. Si intuisce dal fatto che sta per prenderla a sberle e spero che non voglia riservarmi lo stesso trattamento.

«Papà, scusa, il gatto è caduto dal balcone e l'abbiamo portato dal veterinario...» si giustifica la bambina, ma l'uomo l'ha già presa per una spalla e la sta scuotendo.

«Aurora, tu non devi fare queste cose, lo capisci? Devi cominciare a vivere con un po' più di attenzione, devi stare un po' di più nella realtà! Ti ho chiamato mille volte, perché non mi hai risposto?»

Aurora sta inghiottendo lacrime e orgoglio, la piccola vena sul piccolo collo si è gonfiata e batte al ritmo del suo cuore: «Ho dimenticato il telefono a casa».

Io sono molto imbarazzata, non so che fare, anche perché l'immancabile signora del quinto piano fa capolino tra le sue piante, sicuramente carnivore, per godersi lo spettacolo.

Quindi penso bene di aggiungere un'altra figura barbina alla mia collezione.

«E, comunque, ciao, io sono Michela», mi presento tendendogli la mano, come fossimo davanti a una birra e non nel bel mezzo di un gravissimo scontro generazionale tra padre incazzato e bambina mortificata e umiliata.

Aurora scoppia definitivamente a piangere.

Lui invece si gira verso di me, forse non mi aveva ancora neanche visto, e mi rivolge uno sguardo che significa solo una cosa: io ti disprezzo, potenziale rapitrice di figlie orfane altrui.

«Quanti anni ha lei?» mi chiede senza troppi preamboli.

Lui e la figlia devono avere un'ossessione per la mia età ma evito di farglielo notare, così come tralascio il fatto che è comunque una domanda da non rivolgere mai a una signora.

In ogni caso, non mi lascia neanche rispondere perché, dimenticandosi della figlia, adesso comincia a prendersela con me: «Mi sembra che ne abbia abbastanza per capire che una bambina a dieci anni dovrebbe avvertire suo padre quando decide di uscire di casa. Le sembra corretta come procedura?»

«Mi scusi, io non sapevo, non immaginavo...» dico cercando di stemperare la situazione.

Emanuele mi si agita tra le braccia e vorrei fosse un tantino più aggressivo, in modo da difendermi dall'attacco di questo esagitato.

«Certo, non immaginava. Pensa che mia figlia sia abbandonata a se stessa, che non abbia nessuno da avvertire quando esce di casa?»

Adesso sta esagerando, anche perché gli spettatori di questo alterco si stanno moltiplicando.

«Senta, mio caro signore di cui non conosco il nome, se si perde sua figlia, le consiglio di andare dal veterinario da cui siamo appena tornate e che, grazie ad Aurora, ha salvato il mio gatto, e farle installare un microchip sotto la pelle in modo da sapere sempre dove si trova!» gli urlo in faccia a questo punto. «Capisco la sua preoccupazione, ma non ha nessun diritto di aggredirmi in questa maniera.»

Vedo anche mia madre e Onorina affacciate dal balcone e mi sembra che mia madre si stia portando le mani sugli occhi.

La bambina non sa più dove nascondersi, la vedo piccola, sempre più piccola, con i grandi occhiali viola appannati dalle lacrime.

Gli adulti sono delle persone orribili, non lo sapevi Aurora? E anche tu un giorno lo sarai: adulta e orribile.

Senza attendere la risposta dell'uomo senza nome, mi lascio alle spalle padre e figlia e guadagno la via di casa.

L'isolamento in cui ho vissuto fino a poco fa è il modo migliore di avere a che fare con le persone.

Faccio bene a non uscire, e questa ne è la prova.

Quaderno dei ricordi di Aurora Ciancio

Io lo sapevo che camminare sul cornicione era pericolosissimo e un sacco di volte, quando il gatto Emanuele arrivava a casa, glielo dicevo di non farlo più, ma niente, lui ha continuato fino a quando non è caduto davvero.

E poi io non sono neanche convinta di questa cosa che i gatti hanno sette vite: come fanno? Muoiono e risorgono ogni volta? Oppure riescono sempre a farla franca?

Non sapevo cosa fare, ero sola in casa perché stamattina, quando mi sono svegliata, avevo un po' di mal di pancia e non sono andata a scuola.

Papà era uscito molto presto per andare nel suo studio.

Mi guardavo un cartone quando ho riconosciuto il miagolio di Emanuele ma era strano, diverso dal solito, sembrava che si stesse stancando molto a miagolare.

Ho avuto una sensazione stranissima nella pancia e non era il dolore che non mi aveva fatto andare a scuola, era un dolore diverso, un dolore di paura.

Mi sono affacciata dal balcone e ho capito tutto.

Dovevo fare in fretta, sono andata giù e ho preso Emanuele piano, dall'angolo in cui si era nascosto, aveva il sangue sul muso e mi guardava strano.

Sono corsa da Michela.

Non appena siamo arrivate da Filippo, mi sono sentita stanca, volevo piangere, ma mi sono trattenuta perché non volevo che tutti mi vedessero.

Emanuele sta bene, adesso, e io sono diventata un po' più amica di Michela.

Però...

Papà e Michela hanno litigato.

Si sono visti oggi, per la prima volta, e hanno già litigato.

Mi dispiace dirlo ma papà, questa volta, non è stato per niente gentile, si è messo a urlare contro Michela senza darle il tempo di spiegare cosa fosse successo.

Papà non urla mai, soprattutto con me, ma a volte è come se scoppiasse all'improvviso e dice delle cose tremende che poi lo fanno stare male.

Tempo fa ha sbattuto il telefono in faccia a nonna, che vive con il nonno a Bologna, dove anche noi vivevamo prima del giorno in cui è cambiato tutto.

Poi è rimasto in silenzio tutta la sera e neanche la partita di calcio l'ha fatto stare meglio.

Bologna mi piace perché c'era la mamma.

Ero piccola, avevo solo due anni, ricordo alcune cose ma non tutto.

Io adesso, invece, vorrei ricordare tutto.

Per questo scrivo: per essere sicura di non dimenticare mai più niente.

Però so quello che è successo, papà ha cominciato a raccontarmelo da subito.

Lui era andato a studiare a Bologna, aveva conosciuto la mamma, erano stati insieme tantissimo tempo e poi si erano sposati ed ero arrivata io.

Papà mi ha detto che, quando sono nata, ero pazzissima e facevo tutte le cose al contrario, tipo dormire di giorno e stare sveglia di notte.

Dopo il giorno in cui è cambiato tutto, papà ha deciso di tornare nella sua città, e qui mi piace perché c'è lui.

Per questo la mia vita e quella del mio papà si divide in tre momenti:

1. il «prima del giorno in cui è cambiato tutto»;
2. il «giorno in cui è cambiato tutto»;
3. il «dopo il giorno in cui è cambiato tutto».

Ricordo bello: aiutare Emanuele mi ha fatto sentire molto bene.

Capitolo sei

A MILANO era facile svanire nel nulla, anche quando vivevo con Alessandro.

Semplicemente mi mettevo a camminare.

Abitavamo in via Poma, al primo piano di un palazzo monumentale, immobile, polveroso.

Un primo piano così basso che d'estate il piscio dei cani ci entrava fin dentro casa, costringendoci a tenere le finestre chiuse e a tentare di salvarci da quelle temperature impossibili sparandoci addosso tre ventilatori messi in posizioni strategiche per simulare una galleria del vento.

Ho abitato per quasi vent'anni in case che non erano la mia, tra muri che avevano respirato già altri sorrisi, altre lacrime, piatti rotti e abbracci che aggiustavano tutto; case che mi avevano comunque tenuto con sé, al caldo se fuori era freddo, al fresco se fuori si scioglieva l'estate, case che tutte avevano saputo contribuire alla mia identità in costruzione.

In quella casa, in particolare, ci abbiamo vissuto cinque anni. Non conoscevo altro se non la porzione di pianerottolo su cui si apriva la nostra porta, e mai ero salita sul tetto per vedere che faccia avesse Milano da lassù.

Quattro scale, un cortile interno e un portinaio sardo con l'anca offesa, arrivato «in continente» a sedici anni e subito messo a guardia delle ricche esistenze altrui, con l'unica compagnia di un cane mosca stressato e tremante, in costante attacco di panico.

Il portiere ci odiava e non lo nascondeva perché io e il mio ex fidanzato non lo omaggiavamo mai con «la busta» a Natale, ossia quel regalo in contanti esentasse che i portinai – pare pratica diffusa – ricevono per i servigi resi durante l'anno.

Ma lui non era servizievole e neanche simpatico, non con noi almeno, troppo giovani e troppo precari per apparire interessanti ai suoi occhi in costante ricerca di sciure segaligne e profumate.

La nostra casa era fatta di pareti di cartongesso tirate su da noi e mobili Ikea acquistati e montati mangiando patatine Potatischips Saltade e bevendo Öl Ljus Lager. Una casa vecchia, impossibile, piena di scricchiolii e di rumori infernali il sabato mattina, quando alle sette gli omini dell'Amsa venivano a ritirare il vetro.

«Cos'avrai sempre da camminare?» mi chiedeva Alessandro, ogni volta che uscivo. Lui era piuttosto sedentario e l'attività fisica preferiva demandarla ai calciatori in televisione, seduto con una birra sul divano.

Io, invece, mi buttavo dentro il cuore di Milano, mai variando il tragitto: mi rassicurava mettere i piedi sempre negli stessi posti.

Sotto qualunque cielo, estate e inverno, mi muovevo piano, incrociando volti sconosciuti che non avrei mai più incontrato: avrei potuto camminare per la mia intera esistenza e avrei sempre visto facce nuove.

Corso Indipendenza, dove i giardinetti spaccano il traffico in due, e dove un giorno scoprii con mia grande sorpresa la statua di un Pinocchio di bronzo, nel mezzo di una fontana.

Via Pisacane, che nelle giornate più terse ti rivela le montagne che circondano la città, e poi corso Buenos Aires, dove annullare ogni pensiero e, d'estate, vivere in quel limbo climatico che si genera dal contrasto tra il caldo impossibile della città e il gelo assoluto dell'aria condizionata che viene fuori dai negozi.

Diventavo parte del flusso di gente che sciamava tra negozi monomarca, con il loro stile unico dominante che costa poco ma sotto le ascelle puzza uguale, e il punto vendita di una famosa catena di pizzerie, con quel materasso di lattice ricoperto di mozzarella che a Milano chiamano pizza.

Il teatro e le librerie... e poi via Vitruvio e la Stazione Centrale che, quando arrivi in città con il treno, è la prima faccia di Milano che vedi e ti fa paura; e quando esci, per ribadire che lì è tutto fuori misura, incontenibile e incomprensibile, il Pirellone, e dietro i suoi figli più giovani di piazza Gae Aulenti e vicinanze, che tanto hanno ancora da imparare.

Alla fine, il ristoro di Isola, la mia Isola: quartiere di barbe, malleoli, frange, tatuaggi *old school*, biciclette ma, soprattutto, posto di anime simili alla mia, quelle dei miei moltissimi amici che vivevano là e che bevendo una birretta da Luca ti rimettevano al mondo.

Senza Isola, a Milano saremmo stati davvero tutti più soli.

Ora che invece sono a casa mia, quella in cui sono cresciuta, mi sento un'estranea, prima di tutto a me stessa.

A Piccola Città ho la sensazione di essere sempre geolocalizzabile, sotto controllo, sotto i riflettori.

Anche qui, quando sono un po' più in vena, mi costringo a uscire e a camminare.

Ma camminare significa muoversi in una pericolosa zona rossa in balia di proprietari di SUV testosteronici, tamarri che guidano con il gomito appoggiato sul finestrino aperto, camicia di jeans arrotolata, tribalaccio stinto sull'avambraccio, capello gomorresco e bestemmia di serie insieme alla chiusura centralizzata delle loro vetture; anziani che non vogliono riconoscere come possibile la presenza di altre forme di vita sulla loro stessa strada; giovani donne che hanno bisogno di scrivere WhatsApp alle loro amiche mentre scalano dalla quinta alla quarta e, contemporaneamente, smanettano alla radio, alla ricerca della canzone perfetta da sottoporre all'infinita sapienza di Shazam per poi condividerla su Facebook: *Maria Tizietta è alla grande, guidando verso la Libertà, ascoltando Justin Timberlake.*

Camminare non è semplice, camminare piena d'ansia, poi, è una cosa da vere dure.

Quando porto la mia depressione fuori dalla mia stanzetta, penso che l'ansia è un mestiere ed essere una donna ansiosa è un mestiere da giganti: *only the brave.*

E poi ho un costante senso di disagio fisico: attacchi di panico, sindrome premestruale, ciclo vero e proprio, e di nuovo sindrome premestruale e attacchi di panico e, in genere, stati d'animo incasinati gettati a casaccio dentro la testa insieme ai sintomi di tutte le malattie del mondo, sintomi che vogliono dire solo una cosa: morirò.

Anche se per ora sono stati solo falsi allarmi, ma messi in scena davvero bene.

Quindi tutta piena d'ansia e disagio affronto Piccola Città, schivando ex compagni delle superiori e amiche di mia madre, arrivo nel centro storico, mi guardo intorno e non riesco a capire che cosa ci faccio lì.

Un'infilata di chiese su un'unica via sembra suggerire che potrebbe essere quello il cammino da intraprendere: sposarsi con Dio, scegliere la pacata pace del convento e la sicurezza di un posto di lavoro a tempo indeterminato perché Dio, si sa, non è come Carona, Dio non ti licenzia.

Poi ti ferma il turista anglofono e ti chiede un'informazione, rassegnato a dover interpretare quanto di incomprensibile potrai offrirgli e, invece, sgrana gli occhi al sentire il tuo inglese fluente e anche un po' spocchioso perché a quel punto, per punire il turista arrogante, tiri fuori un vocabolario che Oxford scansati proprio.

Che meraviglia essere così *skillata*, come direbbe quel cane del mio ex capo, e non sapere che fartene di tutto quello studio, di tutto quel gran culo che ti sei fatta negli anni, non sapere proprio più dove andare a collocarlo e lasciarlo nella tua cameretta, tra le coppe vinte ai tornei di minibasket e *Siddharta* di Herman Hesse.

C'è un affollamento curioso di locali, pub e ristoranti con menu turistico, camminando per le strade della città. Sembrerebbe che tutti non facciano altro che mangiare e bere. Poi giri l'angolo e ti accorgi che quel cinemino che più volte ti aveva accolto negli anni è chiuso, in attesa di assumere una nuova faccia, quella della grande distribuzione di generi alimentari, e ci risiamo: riempiamoci le pance così che la digestione ci rallenti i pensieri.

E oggi è uno di quei giorni in cui ho deciso di uscire. L'aver contribuito a salvare la vita di Emanuele mi ha messo addosso una strana energia, ne voglio approfittare.

Apro la porta e infilo le scale. Anche oggi niente ascensore, potrebbe precipitare da un momento all'altro, esattamente come un aereo: sono perfette macchine della morte, dovrebbero essere proibite per legge.

Mi guardo intorno, sperando di non essere intercettata da Aurora. Voglio stare sola e quella bambina è troppo invadente. Ma soprattutto spero di non incrociare suo padre, temo voglia menarmi.

L'inconveniente, tra gli altri, dei condomini: sei costretto a una socialità da buongiorno e buonasera anche quando proprio non ne hai voglia.

Passo dal bar, chiedo un americano, un caffè. Forse sarebbe meglio il cocktail, ma le convenzioni sociali e il fatto che questo sia il bar frequentato dai miei genitori me lo proibiscono.

Scarto un pacchetto di Oreo: quell'unione mistica di segatura, olio di palma, gessetti e Vinavil mi dà dipendenza, potrei nutrirmi solo di questi biscotti.

Il monitor di un televisore messo nell'angolo mi rimanda le immagini delle audizioni di *X Factor* e mi ricordo di quando, a vent'anni, ero una groupie degli Afterhours. Volevo sposare Manuel Agnelli, e, una volta, a un concerto al Paolo Pini, riuscii addirittura ad agguantare il plettro che lanciò sul pubblico, perso poi in uno dei molti traslochi.

Oggi, invece, guardo Fedez e penso che, se avessi ancora intenzione di avere una vita sessuale, mi porterei a letto lui molto più volentieri.

Sarà la maturità?

Mentre scanso un'auto parcheggiata sul marciapiede, però con le quattro frecce, intravedo una silhouette nota: Eugenio, un amico di Alessandro.

Siamo in rotta di collisione, troppo tardi per evitarlo.

Me li sarò lavati i denti prima di uscire?

«Ehi, da quanto tempo! Me l'avevano detto che eri tornata...»

Perfetto, non devo perdere tempo in false spiegazioni, sa già tutto e, probabilmente, gran parte di quello che sa si fonda sull'esattissimo assunto del «Ma hai saputo che?», la frase che introduce il tuffo a bomba nelle disgrazie altrui.

«Ciao Eugenio...» lo saluto, e decido di non sembrare particolarmente felice di vederlo.

«Ti trovo bene, un po' magra però bene.» Mi stringe un braccio per tastare il rapporto tra massa grassa e massa magra.

«Grazie.» Mi accendo una sigaretta, con la precisa intenzione di non incoraggiare nessun dialogo tra noi.

«Dai, scusa, ora sono un po' di fretta, ma ci sentiamo perché faccio una festa per il mio compleanno e mi farebbe piacere se venissi.» Mi dà due baci frettolosi sulle guance e una carezza sulla testa: è ufficiale, sono un caso umano, però la cosa non mi turba.

Mi rimetto a camminare.

Quaderno dei ricordi di Aurora Ciancio

Ho escogitato un piano.

So come si fa.

Ho letto troppi libri di avventure per non avere in mente un'idea precisa.

Quando gli adulti non vogliono essere ragionevoli, bisogna aiutarli ma senza che se ne accorgano, altrimenti si impuntano e non si ottiene un bel nulla di niente.

Sono dei testoni, gli adulti.

Per adesso non scriverò nulla, però, nel caso questo quadernino finisca in mani nemiche!

Scriverò d'altro.

Ho incontrato Onorina per le scale, lavora a casa di Michela, è molto simpatica e ha sempre tanta voglia di chiacchierare.

Parla in un modo strano, come se leggesse direttamente da un libro, mi chiama signorina e questa cosa mi piace perché mi fa sentire importante.

Io pensavo fosse cinese per via dei suoi occhi, ma poi mi ha raccontato che viene dalle Filippine e vive qui in Italia, a casa dei genitori di Michela, da trent'anni.

Ho visto sulla mappa dove si trova il suo paese: è lontano mille milioni di chilometri.

Devo chiederle perché ha deciso di venire proprio qui, con tutto il mondo che aveva a disposizione.

E devo chiederle anche quanti anni ha, perché non si capisce per niente.

Ricordo bello: Onorina mi ha regalato una penna profumata che userò per scrivere su questo quaderno.

Capitolo sette

Amici, gli sporchi quaranta sono arrivati, non lasciatemi solo. Vi voglio con me sabato prossimo, 12 giugno, a casa mia in via dei Figuli 3. Dalle 21 in poi, che ormai c'abbiamo una certa e dobbiamo andare a letto presto! Alla fine della serata verranno incoronati Mister e Miss Sbronza, in memoria della nostra gita di quinta liceo, di cui conservo ancora reperti fotografici che verranno esibiti nel corso della serata!
Vi aspetto, Eugenio ♥

Che cosa prevede il galateo in caso di chat in comune con il tuo ex fidanzato? Chi abbandona per primo? Chi risponde per primo? Qual è il tempismo perfetto per fare la figura della figa? Rispondi e poi abbandoni il gruppo? Compulsi freneticamente il comando info per vedere quando lui visualizzerà la tua brillantissima risposta? Abbandoni sdegnata senza neanche rispondere per il semplice fatto che abbiano osato inserirti nella stessa chat di quell'infame del tuo ex fidanzato? Devono schierarsi, o te o lui!

Ma alla fine rimani nella chat e segui le sue risposte per poter evincere da queste il suo stato attuale: gli manco? Sta male? Non può vivere senza di me?

Se la sua risposta è breve, vuol dire che sta male, che non ce la fa ad articolare verbo. È sopraffatto dal dolore, la sua risposta lapidaria lo denuncia chiaramente.

Oppure la risposta è breve perché ha di meglio da fare che perdere tempo in chat. Perché, quasi sicuramente, in questo momento sta facendo l'amore con Gigi Hadid.

Se la frase è un po' più articolata, c'è da preoccuparsi. Questo suo buonumore da chat potrebbe corrispondere a un effettivo benessere fisico e mentale.

Però, attenzione, ci sono anche i forzati della risposta lunga e brillante (categoria cui, per inciso, io appartengo). Scrivi una risposta in chat che è il compendio di tutta la simpatia e leggerezza di cui sei capace, anche se mentre digiti sulla tastiera del telefono le lacrime appannano la tua vista e la tua vita.

Ma nessuno deve saperlo.

L'apoteosi la si raggiunge poi quando si fa finta di sbagliare chat scrivendo nella chat in comune con l'ex un messaggio sbarazzino, in cui si millantano, in maniera del tutto giocosa e con grande nonchalance, frequentazioni inesistenti e uomini che proprio in quel momento ci stanno aspettando sotto casa con mazzi di fiori che neanche l'Orto Botanico.

Anche in questo caso si digita piangendo, nell'attesa che l'ex, dopo aver visualizzato il messaggio, si precipiti sotto casa per sfidare a duello l'inesistente cavaliere fiorato.

Per cui siamo arrivati alla conclusione, con pretese di scientificità, che è impossibile da una risposta in chat comprendere il reale stato d'animo e le reali intenzioni di chi scrive.

WhatsApp è Satana e una chat ci seppellirà.

«Perfetto, noi a questa festa ci andiamo!» Giulia non se l'è fatto ripetere due volte. «Andiamo a vedere come sta messo quello sfigato!»

Tra tutte le possibilità che mi si aprivano davanti, avevo scelto di rimanere nella chat attendendo la risposta di Alessandro, che era arrivata solo in nottata, costringendomi a un'umiliante veglia con la guancia appiccicata al telefonino, in attesa che lo schermo si illuminasse.

E, purtroppo, la chat per la festa di Valerio era una di quelle «cazzeggione», dove tutti si sentono autorizzati a sfogare la loro verve e a fare gli splendidi, ingolfando il fluire del discorso con gif degli Estranei a *Pechino Express* e foto di Baby George che semina disprezzo. Per questo motivo, dopo circa ottomila notifiche di messaggio, alla fine era arrivata la risposta del mio ex fidanzato:

Super Eugenio, ottimo, ci sarò.

Nell'ultimo periodo Alessandro mi aveva negato qualunque forma di comunicazione, anche quando i miei messaggi erano più innocui e teneri degli occhi di un gattino.

Non aveva mai risposto al telefono, non aveva mai ricambiato un WhatsApp, e, solo per un'ancestrale forma di pudore, non mi ero appostata sotto casa sua per costringerlo al contraddittorio.

Nulla di che, non volevo grandi e complesse spiegazioni, volevo solo sapere perché mi aveva lasciato, non mi sembrava di chiedere chissà che cosa.

«Tra mezz'ora sono da te!» mi ha annunciato Giulia, che si è proclamata stylist, life coach e tutta una serie di cose che prevede grossi fastidi per la mia persona. «Ti porto un vestito che è una bomba, zuccherino!»

«Porta anche una bottiglia di vodka e una stecca di sigarette», l'ho implorata, un po' per scherzo e un po' no prima che mi sbattesse il telefono in faccia.

«Giulia, ho molta, molta più pelle da coprire...» protesto quando mia cugina tira fuori dalla busta l'abito che ha deciso debba indossare, praticamente un copricapezzoli e un perizoma.

«Approfitta della tua prodigiosa perdita di peso e del fatto che, nonostante i tuoi quarant'anni, il metabolismo e la forza di gravità non ti abbiamo ancora completamente massacrato.»

«Ho trentasei anni...»

«Quasi trentasette, sei andata ormai, tesoro mio... Toh, manda giù!» E comincia il primo di una serie di shottini di vodka che dovrebbero rendermi più facile andare alla festa.

E infatti, lentamente, la vodka mi sta regalando un buonumore artificiale che si trasformerà in doloroso pentimento, ma per il momento va bene così: San Giorgio deve affrontare il drago e la vodka è la sua spada.

Appena arriviamo alla festa, nella nuova e lussuosa casa che i genitori di Eugenio hanno acquistato per lui in centro, Giulia, come da copione, sparisce e io vago tra volti un tempo noti.

Il DJ che tra liceo e università riempiva le piste delle serate più esclusive, il cui fascino derivava unicamente dalla sua posizione di popolarità e comportava grandi traffici nel suo talamo, è diventato un cinquantenne bolso e stempiato: sembra essersi riempito la bocca di ovatta e la pancia di rimpianti.

Mi saluta da lontano, succhiando qualcosa da una cannuccia, mentre passa in rassegna tutte le ex belle della scuola.

Radio Rimpianto e Nostalgia pompa forte; ci sono i Cure, ma già qualcuno chiede a gran voce *T'appartengo*, la hit di Ambra Angiolini quando era eterodiretta da Gianni Boncompagni.

Le ragazze di *Non è la Rai*... Avrei voluto essere come loro, una qualunque, anche la più sfigata mi andava bene. Il balletto di *Please Don't Go* lo provavo davanti allo specchio in cameretta. E non immaginavo che sarebbe stato l'accorato appello che, di lì a pochi anni, avrei rivolto a tutti gli uomini della mia vita, a cominciare da mio padre quando andava al lavoro fino ad Alessandro.

Alessandro.

Eccolo.

Lo vedo.

Mi vede.

Ho la sensazione che, nell'accorgersi di me, la sua testa abbia cominciato a rimpicciolirsi, incassandosi completamente tra le spalle curve.

Il suo corpo è ancora più a pera di quanto ricordassi: era sempre stato ginoide nel fianco ma, per me, è ancora bellissimo, me lo riprenderei all'istante.

Ed ecco il film che comincio a proiettarmi in testa: lui mi guarda e si rende conto di essere stato un folle, ama solo me e ha fatto l'errore più tragico della sua vita, lasciandomi.

Si avvicina tremante, un occhio di bue ci illumina, escludendo il resto del mondo. Un attimo di esitazione, forse per timore della mia reazione. «Ti amo... perdonami», mi soffia in faccia e io me la tiro giusto il tempo di colmare la distanza tra la sua bocca e la mia.

Parte *Up Where We Belong* e io, probabilmente, sono già incinta.

Titoli di coda.

E invece...

Mi avvicino mentre lui sta valutando tutte le possibili vie di fuga e, verificatane l'assenza, prega Gesù Bambino di farlo scomparire, di portarlo lontano, lontanissimo da me, ma Gesù non lo sta ascoltando e: «Ciao Alessandro».

«Ciao Michela», mi fa con l'aria di chi sta contemplando la più brutta sorpresa mai capitatagli nell'uovo di Pasqua.

Sta in piedi davanti a me, passandosi una mano sulla guancia rasata da poco e dondolando ora su un piede ora sull'altro.

«Fumiamo una sigaretta?» gli chiedo.

«Hai ripreso a fumare? Come mai?» Forse avrei dovuto ucciderlo ed eliminare alla radice il peggiore dei miei problemi.

Usciamo in terrazza, accompagnati dagli sguardi carichi di chiacchiere di chi ci rivede insieme.

Hai visto? è probabilmente la domanda che sta serpeggiando tra i presenti cittadini di Piccola Città.

Mi fa accendere e insieme lancia un piccolo sorriso.

Qualcuno dentro, o forse solo il mio sporchissimo karma, fa partire una canzone con cui siamo stati molto felici: *Lose Yourself to Dance* dei Daft Punk.

Estate del 2013, ci facevamo anche l'amore ascoltando questa canzone. Alessandro era più attivo, all'epoca, da questo punto di vista: eravamo entrambi a casa dei nostri genitori per le ferie, non avevamo un posto in cui stare da soli e, come ragazzini, ci appartavamo in macchina, tra gli ulivi, perché qui a Piccola Città non mancano quelle che un pubblicitario vecchio e stanco definirebbe «location suggestive».

La sigaretta ce la fumavamo su *Instant Crush*, felici e stupidi come all'epoca eravamo. Il disco lo avevamo praticamente consumato a furia di chiacchiere, sesso e risate.

Mi è partita la testa dietro i ricordi, *Random Access Memories*, per l'appunto. Mi basta l'odore di un detersivo per richiamarmi alla mente le sue camicie a quadretti e la sua pelle, una sigaretta di tabacco per ricordarmi i suoi baci, l'insegna di un locale per ricordarmi che, in fin dei conti, un tempo abbiamo avuto l'occasione di essere molto felici e questa occasione è andata perduta.

«Alessandro, io questo disco l'ho buttato, lo sai? Non sopportavo neanche più di vederlo.»

Alza finalmente gli occhi, ancora più piccoli e dolenti.

Ma continua a non parlare.

«Come stai?» gli chiedo: la conversazione deve pur andare da qualche parte, possibilmente la parte che decido io.

Una lunga boccata di fumo e un altro sguardo.

Sento il suo profumo di bucato e mi gira la testa. Ci sono odori impossibili da mandare via, quegli odori che cercavo quando mi accucciavo tra il suo collo e la sua spalla, quello spazio perfetto fatto sulla misura della mia faccia, e mai nessun'altra faccia di donna potrà lì trovare incastro più perfetto del mio.

«Male», mi risponde candidamente.

Male? Ho già voglia di salvarlo da qualunque cosa abbia.

«È un periodo un po' così, non capisco molte cose...»

Tra tutte le cose che non riesce a capire ci metterei anche che non capisce che sono io la risposta a tutti i suoi problemi.

Fumo e già ho voglia di accendere un'altra sigaretta.

E di uno shottino di vodka.

«Hai trovato un nuovo lavoro?» Tengo in piedi una conversazione che, evidentemente, interessa solo me.

«Lavoro per una ditta di trasporti.»

«Ok...»

Ti manco? Questo in verità vorrei chiedergli, e raccontargli dell'inferno adolescenziale che è diventata la mia vita da quel maledetto giorno, ma so che mi metterei a piangere e ho impiegato troppo tempo a truccarmi per potermi permettere anche un solo occhio umido.

Sento una nostalgia che mi spacca in quattro la pancia e mi fa il fiato più corto.

Ho Alessandro davanti a me e i suoi gesti che mi fanno sentire a casa, mi è tutto così familiare, tutto così mio.

È stato tutto così mio, in un tempo che è finito.

Anche il sorriso che finalmente mi sta rivolgendo, i suoi denti bianchi, la sua lingua.

Non penso più neanche una delle cose brutte che ho pensato fino a quel momento.

«Perché mi hai cancellato da Facebook?» Dopo tutto questo tempo è la prima cosa che sente il bisogno di chiedermi.

Ci ha messo un secondo a farmi smettere di idealizzarlo, a interrompere la commedia romantica e struggente che sta andando in onda nella mia testa.

Lo guardo e rivedo l'Alessandro che maledicevo ogni giorno, più volte al giorno.

Un attimo, una frase sbagliata, e il mostro che mi ero ricacciata in pancia risale, più affamato di prima.

«Perché non volevo sapere più niente della tua cazzo di vita! E se vuoi saperlo, ho anche cancellato i tuoi amici, che se non condividono foto e si taggano non esistono... Ma siete capaci di fare una cosa senza comunicarla a tutto il mondo e, soprattutto, a me?» Finalmente mi sto arrabbiando.

«Molto maturo da parte tua», mi risponde lui, mettendosi sulla difensiva.

«Sarei io l'immatura? Ti devo ricordare quello che mi hai fatto? Ti devo ricordare che mi hai abbandonata, praticamente di nascosto, il giorno che mi hanno licenziata e sono mesi che mi rifiuti una spiegazione?»

«Michela, io non ce la facevo più a stare con te. Starti accanto era un cazzo di lavoro e io non mi sentivo adeguato, mi ci hai costretto...»

«Cioè, la colpa è mia se tu sei sparito come un coglione e sono mesi che non mi vuoi parlare?»

«Se la metti così...»

«Alessandro, c'è un'altra?»

«Ma no, assolutamente, non ci penso proprio! Mi devo ancora riprendere da te.»

«Poverino... Alessandro, dimmi cos'è successo, me lo devi!»

«È successo che non lo so... Io volevo solo stare tranquillo, volevo andare via da Milano, da te... E poi neanche lo so ancora cosa voglio dalla vita...»

«Sicuramente non vuoi me.»

«Ti avrei voluto, ma in maniera diversa da come avresti voluto tu.»

«Non ti capisco.»

«Michela, tu sei una montagna russa terrificante, riesci a essere incredibilmente triste e incredibilmente felice nello stesso momento. Sei troppe cose, sei un esercito e io sono da solo e non ce l'ho fatta! Mi hai massacrato e non te ne sei nemmeno resa conto.»

Quindi, nel mondo di Alessandro, la colpevole sono io.

Rimango in silenzio e poi: «Alessandro...»

«Michela, non ce l'ho fatta, hai capito? Non ce l'ho fatta... Sono un mostro? Può essere, ma ti assicuro che non sto bene per questo, e per molte altre cose, sono incasinato... L'amore bisogna volerlo in due e io non lo volevo più... Michela, prima o poi mi avresti lasciato tu, fidati.»

Dall'altra parte della porta, dentro casa, Giulia ci guarda, pronta a intervenire.

Una coppia ubriaca è uscita in terrazza, la ragazza mi dà una spallata, biascicando una parola di scuse: il nostro tempo è finito, ora tocca a loro.

«Michela», Alessandro mi guarda pieno di sentimento e mi prende le mani tra le sue, «Michela, rimaniamo amici?»

«Ma vaffanculo!»

Agguanto Giulia e ce ne andiamo via sulle note di *Please Don't Go*.

<u>Quaderno dei ricordi di Aurora Ciancio</u>

Perché un piano riesca, è necessario avere dei buoni complici, ancor meglio se infiltrati presso le forze nemiche.

Così, non appena Michela è uscita di casa, ho aspettato il tempo necessario e poi ho suonato alla porta.

«Buonasera!» mi sono presentata alla signora Carla. «Disturbo?» Volevo dare subito una buona impressione.

Mi ha guardato un po', era sorpresa ma mi ha invitato comunque a entrare in casa.

C'era anche il signor Giovanni davanti al computer e anche lui mi ha rivolto uno sguardo strano.

Non era una cosa di cui potevo occuparmi: avevo poco tempo per spiegargli tutto, e poi dovevo finire i compiti e non mi succederà mai di andare a scuola senza aver fatto tutti i compiti!

Ho tirato fuori un foglietto di carta, la mia lista.

«Sono qui per farvi alcune domande, se posso.» Li ho guardati entrambi negli occhi, mentre la signora Carla mi invitava a sedermi e loro prendevano posto sul divano di fronte.

«Prego...» mi ha esortato il signor Giovanni, porgendomi un cestino pieno di caramelle.

«Perché Michela è triste?» Sono andata dritta al punto per continuare a sfruttare l'effetto sorpresa: questo è un espediente molto efficace se si vogliono condurre buone indagini.

Si sono guardati tra loro. «Non vuoi prima qualcosa, magari un succo di frutta?» La signora Carla tentava di distrarmi.

«No, grazie», le ho risposto garbatamente, ma senza cedere. «Perché vive con voi anche se è grande? Perché non ha un lavoro? Perché non ha un marito? Perché non ha un figlio?»

Era un momento delicato, avrebbero potuto rifiutarsi di collaborare, ma ho sorriso: una bambina di dieci anni che sorride fa sempre tenerezza e io dovevo conquistare la loro fiducia.

«Perché vuoi sapere tutte queste cose, tesoro?» mi ha chiesto, alla fine, la signora Carla.

«Ho una proposta da farvi», ho aggiunto, dopo averli ascoltati.

«Sentiamo...»

È stato più semplice del previsto.

Capitolo otto

VOGLIO un lieto fine.

Basta.

Sono stanca.

Devo farmene una ragione, le storie cominciano e finiscono in continuazione, fa parte del sacro cerchio della vita, del fluire delle cose, dello scorrere delle energie.

Le cose bisogna imparare a lasciarle andare.

Ok, sono pronta per dedicarmi alla lettura delle massime di Osho o per iscrivermi a un corso di Tai Chi.

Sì, certo, devo farmene una ragione, ma a chi la racconto. Per adesso l'unica cosa che riesco a fare è struggermi e autocommiserarmi.

Quasi mi dà sicurezza abbozzolarmi in questo dolore, così non devo pensare ad altro, a cercarmi una casa e un lavoro per esempio, a rimettermi in piedi e cominciare a vivere il resto della mia vita.

È molto complicato lasciar andare via i cattivi pensieri, sono così amichevoli e consolatori, rassicuranti come una buona abitudine. Se rimani incastrata in un vecchio, brutto pensiero che hai imparato a conoscere e amare, non ci sarà spazio per nuovi, sconosciuti, cattivi pensieri tutti da scoprire, imprevedibili e più difficili da affrontare.

Solo che ora mi sembra di vivere in un altro fuso orario. Mai lo stesso però, sempre troppo presto o troppo tardi, un eterno sfasamento, come se i miei organi interni si fossero mescolati scambiandosi di posto.

Un'irrequietezza costante che mi sposta sempre altrove, sempre un po' più a destra o sinistra della vita che intanto si sta vivendo da sola, senza la mia collaborazione.

«Hai mica dei biscotti con l'olio di napalm?» Giulia irrompe in camera mentre io, seduta sul letto, guardo dalla finestra una bella giornata di sole.

«Eh?» le faccio io, più per cortesia che per reale interesse nei suoi confronti.

«Palma, palma... I biscotti con l'olio di palma mi piacevano di più», risponde come se fosse la cosa più ovvia del mondo, e scema tu che non ci hai mai pensato.

«Fa male, no?» Non so neanche perché mi sto impelagando in questa conversazione con la mia affidabile cuginetta che, comunque, si sta riempiendo la bocca di biscotti anche se privi dell'ingrediente più demonizzato della contemporaneità.

Ieri sera mi ha raccattato sull'orlo dell'ennesimo precipizio, mi ha riportato a casa ed è pure rimasta a dormire con me, rubandomi gran parte del letto e del cuscino, condannandomi a una notte ancora più insonne di quella che comunque sarebbe stata.

«Se vuoi puoi abbracciarmi ma niente baci in bocca», mi ha detto spegnendo la luce e addormentandosi con l'interruttore dell'abat-jour ancora in mano.

Non ho dormito ed è stato meglio così perché non ho sognato Alessandro.

Non ho sognato Alessandro, ma ho avuto il ginocchio di Giulia piantato nelle costole tutta la notte.

Aspetto che le cose cambino. Come, non lo so.

Di chi è la colpa di tutto questo? Credo di nessuno, in fin dei conti.

«Vedo che non hai più unghie da mangiare, chiedo ad Onorina di prepararti qualcosa?»

«Hai visto com'era in forma?» Ho voglia di parlare di ieri sera.

«Sì, i suoi parametri vitali sembravano nella norma... Lo preferiresti morto?»

«No, morto no, ma almeno con visibili segni di sofferenza addosso.»

«Gli ex ci sembrano sempre più belli di quello che sono realmente, sono allucinazioni indotte dal dolore.» Mi si siede accanto a contemplare la giornata oltre la finestra.

«Ci facciamo due shottini di Lexotan?» Si mette a ridere e, contemporaneamente, ci accendiamo una sigaretta.

Mi tiro le gambe contro il petto, contando i secondi che ci separano dall'irruzione di Onorina con l'idrante.

Il ragazzo dell'appartamento sotto sta straziando come al solito il suo pianoforte: suona sempre gli stessi pezzi e inciampa sempre sulle stesse note, che ripete all'infinito.

Dalla piazzetta, salgono le voci di altri che non hanno nulla da fare, se non stare a zonzo. Li conosco sin da bambini: altri quarantenni in crisi, altri fallimenti, altri ritorni.

La mancanza di soldi e sentimenti ci ha costretto a una cattività fuori misura, a un'adolescenza slabbrata come una vecchia maglietta, a una vita che è un po' meno di una vita, un tempo sospeso tra la noia e la paura.

Prese dai nostri pensieri, io e Giulia veniamo sorprese

dall'arrivo di mamma e Onorina. Non facciamo in tempo a realizzare che già si sono sedute sul letto, accanto a noi, e, incredibilmente, entrambe si accendono una sigaretta.

«Passami il posacenere», intima Super Carla a Giulia, che ha perso la sua naturale baldanza, sorpresa come me da quello che stiamo vedendo.

Evito di fare domande e incasso la preoccupazione di Onorina che, soffiando via il fumo dalla bocca stretta stretta, mi fa: «Signorina Michela, sono costernata, davvero costernata». Mi tocca appena il braccio con i polpastrelli ambrati e con l'altra mano cerca di stirare le pieghe del lenzuolo, perché lei è sempre in servizio.

La notizia dell'incontro di ieri sera si è evidentemente diffusa oltre il confine della stanza.

Giulia mi guarda appena, con gli occhi bagnati di colpa, e mi fa capire di essere la gola profonda.

Sono in trappola, sta per andare in scena la quintessenza del melodramma: la riunione tra donne.

Spero solo che a nessuna di loro venga poi in mente di fare un pigiama party.

Mia madre, la capobranco, guida la sua piccola armata al mio assalto. «Michela, adesso basta.»

Non aggiunge altro e mi tiene addosso quel suo sguardo fermo, implacabile, mentre io cerco rifugio in un vecchio poster di Charlie Chaplin che resiste attaccato al muro da almeno trent'anni.

Giulia continua a guardare fuori dalla finestra: non fosse già così tatuata provvederei a marchiarle addosso la lettera scarlatta del tradimento.

«Il signorino Alessandro è un uomo del tutto inadatto a lei, signorina Michela!» Onorina non si trattiene più. «E inoltre spostava sempre tutti i soprammobili quando veniva in casa, lasciava sempre una gran confusione. Tutto questo dolore non le si addice. Guardi in che tremendo disordine si ostina a vivere!» Si alza di scatto per raccogliere i vestiti spalmati sul pavimento.

Io rimango in silenzio, magari si dimenticano di me.

«Ti devi dare una mossa, Michela! Per me puoi rimanere a piangerti addosso per tutta la vita, se è ciò che desideri, però devi andare a farlo da qualche altra parte, perché il tempo in cui ti cambiavo i pannolini è finito quarant'anni fa.» Mia madre fa sul serio e continua: «Un lavoro, una casa e poi, se ti va, un nuovo fidanzato. Ti devi riprendere tutto quello che hai perduto... Noi possiamo fare il tifo per te, ma in guerra ci devi andare da sola, figlia mia!»

«Sì, noi faremo il tifo per lei, signorina, la riforniremo sempre di munizioni quando le avrà finite e le prepareremo dei buoni pasti, ché la guerra mette appetito!» chiosa Onorina, perfettamente entrata nello spirito della faccenda.

«Potrei presentarti qualcuno dei miei amici», sussurra Giulia. «Sono tutti fidati, li ho testati uno per uno...» si offre generosamente dandomi di gomito.

«La prima cosa che le serve è un lavoro», conclude Carla.

«Potresti farmi da baby-sitter!» La porta si apre sputando dentro Aurora.

Adesso il gineceo è al completo e tutte e quattro insieme schiacciamo le sigarette nel posacenere, dando così il benvenuto alla nuova arrivata.

Quaderno dei ricordi di Aurora Ciancio

La cosa più difficile è stata convincere papà.

Lui sostiene che io non abbia bisogno di nessuna baby-sitter, che me la so cavare da sola e, se ho bisogno di compagnia, ci sono i miei compagni di classe.

Tutto vero, tutto giusto, ma lui non capisce che io ho una missione.

Ho insistito tantissimo, ho fatto la scena più del solito, il corso di teatro mi sta insegnando molte cose e, alla fine, ho vinto io.

Michela sarà la mia baby-sitter: io potrò conoscerla meglio e capire perché è triste, lei avrà un lavoro.

Papà ha ragione, comunque.

Non ho bisogno di qualcuno che badi a me, me la sono sempre sbrigata da sola, da quando sono abbastanza grande da andare e tornare a scuola senza che nessuno mi accompagni, dalla prima elementare.

Ricordo bello: mio padre mi sa ascoltare e questa è una cosa bellissima.

Capitolo nove

«Allora, da domani che farai?»

«Da domani mi alzo presto, Giulia... La campanella suona alle 8.15 e a quell'ora Aurora deve essere già seduta al suo posto in classe.»

Alzarmi presto: quello che cerco di evitare da un po'.

Uscire dal mio letto, affrontare il mondo: adesso, sta accadendo.

«Abbiamo finalmente trovato il modo per farti finire la tua torbida storia d'amore con il materasso!» Giulia non si prende mai una pausa dal prendermi in giro.

«Sì, a quanto pare...»

«È stata determinata, la piccola: voleva una cosa, cioè te, e se l'è presa», mi dice con una punta di ammirazione.

«Lenta ma inesorabile, come un vermetto che scava una noce.» Mi metto a ridere.

Sono passati due giorni dalla proposta di Aurora e la luna piena, lo scirocco che mi gonfia le vene e il malumore, il primo giorno di ciclo tutti insieme complottano perché mi senta come se fossi in una canzone di Damien Rice, in *The Blower's Daughter*, con quella bruma che ti sale da dentro mentre passeggi in prossimità di una scogliera battuta dalla tempesta.

In più, tra un po' dovrò vedermi con il gelido papà della mia futura fonte di reddito e spero sia disposto a dimenticare il nostro primo incontro.

«Non mi sembra la migliore delle cose che ti potesse capitare ma, nella tua situazione, non hai troppa scelta», aveva commentato Giulia, una volta rimaste sole dopo l'assemblea plenaria in cui si erano decise le mie sorti.

«Una cosa vale l'altra, per quel che mi importa», avevo ribattuto io, rigirandomi tra le mani la boccetta di Lexotan.

«Ne avrai bisogno, sono d'accordo con te», aveva concluso lei indicando l'ansiolitico, e si era rituffata nel suo cellulare che la reclamava.

Così, in un tardo pomeriggio di fine aprile, con le giornate che si stiracchiano per durare sempre di più, le rondini che fanno casino e il vicino che continua a fare del male al suo pianoforte, attraverso il pianerottolo, attività che mi è costata più di uno sforzo e molte ore di meditazione mindfulness, e premo il campanello della casa di Aurora.

Praticamente, mi sento come il *Titanic* un attimo prima di sbattere contro l'iceberg.

Mia madre e Onorina hanno lavorato al mio aspetto e mi hanno reso presentabile e inoffensiva come una maestra di catechismo.

«Il vostro primo incontro non è stato dei migliori, cerca almeno di fare una buona impressione, questa volta», si è raccomandata Super Carla, incoraggiata dal suo braccio destro che annuiva contrita come se da questo stupido lavoro dovesse dipendere non solo il mio futuro ma, probabilmente, quello dell'umanità intera.

E quindi camicia bianca, gonna blu e ballerine. Anche se non credo che questo travestimento potrà mai nascondere il mio reale stato d'animo.

La porta si apre mentre ho ancora gli occhi piantati sulle scarpe; alzo lo sguardo ed ecco Giorgio il Terribile.

«Buongiorno, prego.»

«Buongiorno», rispondo. Non ho fatto ancora nulla, ma già mi sento in colpa.

Ha l'aspetto di un ragazzo cresciuto, intrappolato in un vestito inattuale e severo.

Dritto, imponente, spalle larghe, sembra indossi un bustino da quanto è impostato.

Ha degli occhi incredibilmente blu che sono entrati a far parte anche del patrimonio genetico di sua figlia.

In ogni caso, lo devo ammettere, è un bell'uomo, un Jude Law di provincia, stropicciato dalla vita, capelli più scuri e un po' di rughe buttate qua e là, che lavora probabilmente in banca e si alza presto per correre.

Chiude la porta e rimane in piedi davanti a me, senza fare alcun cenno ai divani a pochi passi da noi.

Mi guardo intorno con minimi movimenti degli occhi, quasi smetto di respirare.

La prima cosa che cerco, istintivamente, è una foto della madre di Aurora.

«Si chiamava Sabrina ed è tornata alla casa del Signore quando la piccola aveva due anni, una vera tragedia», mi aveva informato sempre Onorina, realmente partecipe di quel dolore. «Un male incurabile e rapidissimo l'ha strappata via al signor Giorgio e alla signorina Aurora.» Aveva continuato a spolverare i tanti animaletti di porcellana che mia madre si ostina a collezionare, specificando ogni volta con una punta d'orgoglio che quelli che per me sono pezzi di coccio saranno parte fondamentale della mia eredità: mi lascerà dei sassi levigati a forma di levriero e questo dovrebbe rendermi felice.

Onorina accarezzava con il piumino lo zoo lucido e inanimato, continuando nel suo dossier sui nostri dirimpettai: «Vivevano a Bologna prima, la signora Sabrina era nata lì e lì aveva conosciuto il signor Giorgio, all'Università. Poi, in seguito alla disgraziata dipartita, il signor Giorgio ha preferito ritornare con la piccola qui, nella sua città di origine».

Anche quello di Giorgio era un ritorno, dunque, per quanto ancora più infelice del mio.

«Signorina Michela, se non ha più bisogno di me, io andrei, mi incontrerò con le mie amiche a breve», si era congedata la mia preziosa Onorina, per avviarsi verso il suo appuntamento fisso: la serata latino-americana con le sue colleghe provenienti da tutto il mondo.

La sua compagnia sembra una riunione dell'Onu: c'è una rappresentante per ogni nazionalità ed è sempre un piacere incontrarle nel piccolo parco al centro di Piccola Città dove si riuniscono per poi darsi alle danze più sfrenate.

Ritorno con la mente a casa di Giorgio che, esattamente in questo momento, si sta presentando porgendomi la mano: «Giorgio».

«Michela», rispondo, certa di aver detto una cosa giusta, spero la prima di una lunga serie.

La casa è estremamente ordinata, molto simile a quella dei miei, dove si respira un rigore prussiano: mobili padronali, prati di tappeti a coprire il pavimento, quadri con carrozze, cavalli e fiori, tutti perfettamente allineati ai muri bianchi, tinteggiati credo con la candeggina.

Chi si occupa di questa casa ha un disturbo ossessivo-compulsivo più severo di quello di mia madre e Onorina.

Giorgio non accenna minimamente ai divani e così mi rassegno a fare la conoscenza di quest'uomo in piedi.

È sbrigativo e annoiato, mi ricorda un impiegato dell'Agenzia delle Entrate.

«Michela, immagino lei sappia che io e Aurora siamo soli.» Mi spiazza sia continuando a darmi del lei – sarei potuta essere la sua compagna di giochi all'asilo o la sua fidanzatina al liceo – sia con l'immediatezza con cui affronta l'argomento di sua moglie. «Così è, non è necessario aggiungere altro perché credo sappia già tutto.»

Annuisco in totale soggezione.

Ma voglio davvero fare questa cosa? Voglio davvero essere la baby-sitter di una piccola orfana e la dipendente di un acidissimo vedovo?

Il suo sguardo mi passa oltre, mi parla ma non sembra realmente interessato: «Aurora è una bambina molto matura e indipendente, non so davvero a cosa possa servirle una baby-sitter, ma ho comunque deciso di assecondare questo suo desiderio perché sono convinto che si stancherà presto». Mentre parla, gioca senza sosta con il cinturino d'acciaio dell'orologio che porta a destra: un piccolo gesto che lo fa sembrare meno robotico e più umano.

Vorrei contraddirlo, soltanto per provocarlo, soltanto per mettere in discussione le sue certezze e i suoi preconcetti, ma non ne ho voglia, mi è già venuto sonno, sono stanca.

«Inoltre, diciamo che non siamo certamente partiti con il piede giusto io e lei, ma ho deciso di dare fiducia a mia figlia.»

Mi pare stia sottolineando che si fida di più di una

bambina che di una donna matura di trentasei anni, quasi trentasette.

«Accordiamoci su un impegno minimo: la accompagnerà a scuola, passerà con lei due o tre ore nel pomeriggio e il resto si vedrà. Il martedì e il giovedì va al corso di teatro, non può assolutamente mangiare cioccolata o crostacei, ci proverà sempre, vedrà, soprattutto con lei di cui non riconosce alcuna autorità. Anzi, a pensarci bene, credo l'abbia scelta proprio per questo: vede in lei una sua pari o qualcosa del genere, forse una compagna di giochi e, le ripeto, continuo a non capire perché, dato che è una bambina molto matura...»

Mi insulta con una tale naturalezza che quasi il mio cervello registra le sue parole come complimenti.

Ho adottato il savoir-faire di un muro dipinto con pittura idrorepellente: tutto mi scivola addosso, niente si posa, nulla rimane.

Aurora potrebbe aver intuito in me una sua simile – e questo non mi dispiace, sinceramente – ma lui mi sembra abbia perso di vista il fatto che lei è solo una bambina.

È primavera inoltrata, fa quasi caldo ma io ho tanto freddo e sento di aver bisogno di un abbraccio.

«Spero di non dovermi pentire, Michela.» Si congeda con quella che mi sembra una minaccia.

Spero di non dovermi pentire io, Giorgio, penso mentre gli stringo la mano e lo saluto.

Quaderno dei ricordi di Aurora Ciancio

Mio padre e Michela si sono incontrati e non hanno litigato.

Lo so perché ho origliato, nascosta in camera.

Non si dovrebbe fare, ma ho bisogno di avere la situazione sotto controllo, di avere tutte le informazioni possibili, non mi fido di quei due.

Andrà tutto bene, me lo sento, ma ci devo lavorare parecchio.

Michela sarà superbrava, lo so, l'ho scelta io e io ho fiuto per le persone.

Papà dice sempre che sono molto matura, ma per me non è una cosa del tutto bella, un complimento vero, perché ho cominciato a diventare così dopo il giorno in cui tutto è cambiato.

Ma anche papà ha cominciato un po' a cambiare dopo quel giorno.

È diventato più pauroso, più stanco e a volte è antipatico, ma lui non è così per niente.

Sente solo la mancanza, anche se ci sono io.

Anch'io sento la mancanza anche se c'è lui.

Sono cose diverse e lo sappiamo tutti e due.

Sono due cose diverse che non passeranno mai.

Devo imparare una poesia supernoiosa, così noiosa che non ricordo neanche il titolo.

Ricordo bello: sputo più lontano del mio compagno di classe Emanuele, quello che prima mi faceva i dispetti e mi era antipatico, ma adesso è diventato più simpatico e vuole sempre giocare con me.

Capitolo dieci

Ed eccomi sulla via della mia prima missione da baby-sitter, il mio esordio nel mondo delle tate.

Anche questa volta, mia madre e Onorina hanno lavorato per rendermi rassicurante e professionale.

«Devi sembrare una a cui si possa affidare la propria figlia, capisci? E non quello che sei stata finora...» Questo era il senso di tutta la loro operazione di restyling.

L'unica volta che mi era stato affidato un bambino facevo l'ultimo anno di liceo e avevo deciso di fare una prova di maturità, lavorando per mettere da parte un po' di soldi per un viaggio dopo gli esami.

Il piccolo Martino aveva all'epoca sei anni e andò tutto bene fino a quando non fui sedotta da suo fratello Marco, un ventenne un po' pirata e un po' poeta che studiava al DAMS a Bologna ed era tornato dai genitori per un breve periodo di vacanza.

Fummo colti in flagranza di reato da entrambi i genitori che, a causa della scarsissima qualità del film che erano andati a vedere, avevano anticipato il ritorno a casa, sorprendendo il loro primogenito a cercare qualcosa sotto la maglietta della loro fidatissima baby-sitter, mentre il piccolo Martino giocava nell'altra stanza.

Fine del rapporto di lavoro, licenziamento per giusta causa. Quell'estate andai, come sempre, al mare con i miei genitori.

Aurora è figlia unica, un pericolo in meno, nessun fratello maggiore potrà attentare alla mia specchiata virtù.

Il mio compito oggi è molto semplice: riportarla a casa sana e salva dalla lezione di teatro.

Adesso fa caldo, ma il clima è da abbigliamento a cipolla, strati su strati per essere pronta nell'arco della stessa giornata a fronteggiare le mille sfumature della mezza stagione.

Dopo pochi passi comincio a sudare e mi tolgo la giacca, mentre mi passano accanto uomini e donne che corrono.

Lo so che l'inattività fisica, insieme a fumo, alcol e cattiva alimentazione sono la prima causa dell'insorgenza di tutta una serie di catastrofi sanitarie e io, modestamente, indulgo con piacere in tutti e quattro questi cattivi costumi, ma credo che fare sport sia contro natura. Se Dio ci avesse voluto sportivi, non avrebbe inventato i divani e le serie tivù. Poi io mi mantengo in forma soffrendo per amore, è il mio personalissimo modo di seguire i dettami dell'Organizzazione Mondiale della Sanità. Dunque non riesco a non guardare con una buona dose di compassione questi folli sgambettatori che, con passo pesante, calpestano l'asfalto sconnesso e bucherellato della strada che anch'io percorro a velocità diversa, come sempre nella vita.

E comunque, questo vialone, grande boulevard della

periferia riccamente residenziale in cui abitano i miei, è intasato di macchine e negozi, per cui credo che i benefici della corsa siano in parte ridotti dai gas di scarico che ingorgano la strada.

Sono arrivata alla scuola. Schiena dritta, petto in fuori e pancia in dentro, cerco di darmi un contegno ed entro nella piccola stanza, parquet e specchi alle pareti, dove una decina di marmocchi stanno seguendo ispirati le parole del maestro, un bell'uomo con la barba brizzolata e gli occhi di un verde esagerato.

Mi accomodo vicino alle mamme, che rispondono garbatamente al mio altrettanto garbato saluto.

Adocchio Aurora, è la più bassa del gruppo, un po' in disparte rispetto agli altri, vestita con una tutona verde bottiglia troppo grande per lei.

Il maestro – Paolo, il suo nome, mi aveva informato Aurora – le va vicino e le prende il viso con una sola mano, stringendola a sé. Aurora gli sorride, va al centro e comincia a girare su se stessa piano e poi sempre più veloce, fino a quando non perde l'equilibrio e cade.

Scatto in piedi, istintivamente, ma poi comprendo che era tutto previsto perché è finita su un tappeto morbido.

«Espressività corporea ed emotiva», ci tiene a informarmi un'altra mamma eccessivamente bionda che indossa stivali alti sui jeans e una maglietta trasformata in albero di Natale da troppi strass e lucciichini.

Dov'è la Fashion Police quando serve? Sicuramente non in questa specie di scantinato dove un manipolo di minorenni si esprimono cadendo sotto gli occhi orgogliosi di mamme vestite male.

«Va bene, ci vediamo giovedì, bambini!» Paolo saluta

i suoi allievi, che si disperdono in fretta, correndo dalle mamme.

Il maestro e Aurora mi raggiungono insieme. «Ciao, mi ha detto Giorgio che d'ora in poi verrai tu a prenderla.» Di nuovo, la stringe a sé, rivelando un grande affetto tra i due.

«Sì, ciao, sono Michela.» Rispondo alla sua stretta di mano.

«Paolo, piacere.» Mi sorride e, se non fossi in pausa dall'amore, potrei seriamente interessarmi a lui.

Mi piego sulle ginocchia per salutare Aurora e chiuderle meglio la giacchina leggera, visto che è sudata. «Tutto bene, rompiscatole?» la saluto.

Mi risponde subito dopo aver preso un sorso d'acqua dalla sua bottiglietta di plastica. «Sì ma ho fame», mi informa ed esce dalla scuola.

Comincio a notare alcune somiglianze con suo padre: gli occhi, il modo di camminare e un leggerissimo arrotamento delle erre.

Saluto Paolo ed esco anch'io.

L'affianco e camminiamo per un po' in silenzio, ma mi accorgo che mi guarda furtivamente, credendo di non essere vista.

«È da un po' che ti osservo», mi fa a un certo punto, molto diretta, senza perdere tempo.

«Sì, ho notato.»

«Sei sempre così triste...» Comincia uno dei suoi ormai noti interrogatori, la formula comunicativa che, evidentemente, ha scelto di usare con me.

Non so che cosa risponderle. «Ma no, è solo un momento un po' così, che ne vuoi sapere tu?»

«Io lo so, basta guardarti. Lo faccio da quando mi

sono accorta del tuo ritorno. La prima volta che ti ho visto, mi hai fatto quasi paura. Eri seduta su una panchina della piazzetta, la mia preferita, tra l'altro. Fumavi in continuazione, finivi una sigaretta e ne accendevi subito un'altra. Guardavi davanti a te, un po' piangevi e avevi la bocca tutta arricciata, come se avessi leccato un limone. E ho pensato che se anche a te piaceva quella panchina, potevamo diventare amiche, no?»

Quanti anni ha questa bambina? Comincio ad averne paura: l'unità di crisi che si occupa del mio caso ha ufficialmente un nuovo membro.

«Lo Skifidol, bellissimo!» Aurora si ferma di colpo e ritorna ad avere la sua età davanti alla vetrina di un negozio di giocattoli. «È bellissimo, è collosissimo, è superschifoso e ha anche i glitter!»

Non faccio in tempo a opporre resistenza che siamo già dentro, perché lei ha deciso così.

«Sembra vomito, è troppo divertente, guarda!» e mi lancia addosso una palla verde fosforescente fredda e bagnaticcia.

«Ma che schifo, cos'è questa cosa?» Mi scanso e urto una pila di scatole di costruzioni che franano ai miei piedi, attirando l'attenzione di tutti i presenti.

«Scusate...» farfuglio, passandomi da una mano all'altra l'orribile giochino che tanto piace ad Aurora.

«Posso esservi utile?» La commessa, che ha l'aria di una che nel tempo libero compie omicidi dietro compenso, mi si para innanzi.

«Sì, prendo questo...» Le porgo il blob molliccio, lei si scansa e mi indica con il mento la cassa.

Appena fuori dal negozio, mentre Aurora continua a manipolare quella pastella vomitevole, le faccio: «Complimenti, ottimo modo per farti comprare dei giochi, ma puoi starne certa che non succederà più».

Mi guarda ridendo e mi rilancia addosso lo Skifidol, che cade per terra, ricoprendosi interamente di terra e foglie.

«E poi c'erano quelli degli altri piani del palazzo che parlavano sempre di te», riprende il discorso là dove si era interrotta.

«Di me?»

«Sì, sottovoce. Quando passavate tu o tua madre, tutti a dire: 'Come si è ridotta male' oppure 'L'ha lasciata il fidanzato' oppure 'Non ha più un lavoro' oppure 'Ma come si fa a quarant'anni a tornare a vivere con i propri genitori?' oppure 'Poveri giovani, come faranno senza neanche una pensione, chi penserà a loro quando noi ce ne saremo andati?'...»

«Cose allegre, insomma.»

«Boh, io non lo so neanche cosa sia, una pensione!»

«Va bene così, Aurora, arriverà il momento.»

Intanto, cerco di immaginare in che modo mi vendicherò dei miei vicini, delle loro lingue lunghe che dovrebbero più utilmente usare per lavare le scale, ridotte sempre a un pantano per colpa dei loro cani incontinenti, ma soprattutto per colpa della loro pigrizia che costringe quelle povere bestie in casa fino a quando non è troppo tardi.

Potrei chiamare la Protezione Animali, però temo a mia volta una denuncia a causa del mio difficile rapporto con il gatto Emanuele.

O semplicemente potrei lasciarli nelle grinfie di Super Carla e del suo furore da esatta applicazione del regolamento condominiale: «Non si possono parcheggiare le macchine all'interno degli spazi condominiali; è vietato far cadere acqua o resti delle potature delle piante dai balconi; non si può portare giù la spazzatura gocciolante con l'ascensore; non si suona il piano; non si usano i tacchi in casa, eccetera eccetera...» Questo è il suo mantra. «I condomini sono le sale d'aspetto dell'inferno!» ama poi dire quando l'hanno fatta infuriare particolarmente.

Io e Aurora continuiamo a camminare l'una accanto all'altra, ho voglia di fumare ma mi trattengo.

Lei mi guarda da sotto gli occhialoni viola e mi sorride. È proprio piccola, magrina e biondissima e molto, molto bella anche infagottata nella maxi tuta.

«Quindi cosa dovremmo fare io e te?» le chiedo.

«Non saprei, i compiti li faccio da sola, non mi piace che qualcuno mi distragga. E poi ci metto sempre pochissimo, sono compiti facili.»

«Allora dobbiamo giocare?»

«Ma no, a giocare ci penso da sola, faccio giochi troppo complicati. Magari possiamo parlare, mi racconti qualcosa, vado matta per le storie. Oppure mi porti a fare un giro in macchina per collezionare ricordi per il mio quaderno.»

«Non guido.»

«Non hai la patente oppure non guidi e basta?»

«Non guido, non mi piace guidare e, comunque, non ne ho bisogno.»

«Come fai a dirlo? L'anno scorso sono caduta mentre pattinavo e mi sono rotta un braccio, mio padre mi ha portato in ospedale in macchina, non avrebbe mica potuto portarmi in bicicletta...»

«Spero non ci succeda mai niente. Nel caso, prenderemo un taxi.»

«I taxi a Piccola Città costano troppo.»

Ottima osservazione, ma tanto i soldi sono di suo padre, vorrei aggiungere, però mi taccio.

«Il mio colore preferito è il viola, il tuo?»

«Boh, non ho mai avuto un colore preferito.»

«No, non è possibile, tutti hanno un colore preferito! Pensaci.»

A Milano il mio colore preferito era il rosso carico del Negroni sbagliato del *Bar Basso*, qui a Piccola Città il bianco sporco del muro della mia stanza, forse...

«Mi piacciono tutti i colori tranne il marrone», le dico.

«Perché no?»

«Mi sembra un colore triste.»

«Non può essere un colore triste quello della cioccolata e della Coca-Cola! E anche la poltrona dove il mio papà si mette a leggere è marrone, quindi il marrone è un colore bello.»

«Ok, Aurora, decidi tu...»

«Ma non posso decidere io, si tratta di te, dei colori che piacciono a te.»

«Ohiiiiii, Mary Poppins!» Sento una voce purtroppo familiare e con un tono altissimo raggiungermi da dietro: è Giulia, in bicicletta. «Dove ve ne andate di bello?» Ci supera e si ferma davanti a noi, provocando uno scompenso cardiaco in una coppia di vecchietti, un uomo e una donna, che si trovano dieci passi avanti.

«Devi per forza gridare?»

«Cosa?»

«Togliti le cuffie, cretina», le urlo indicando gli auricolari che ha piantati nelle orecchie.

«Ah, giusto.» La musica comunque è così forte che riusciamo a sentirla anche noi.

«*Sofia*... mi piace tanto!» le dice Aurora, riferendosi alla canzone di Álvaro Soler che Giulia sta ascoltando.

Mia cugina le passa l'iPhone e le cuffie. «Toh, ascoltala», e poi, assicuratasi che la piccola non senta più le nostre voci, comincia: «Be'? Come va con la mocciosa?»

Le faccio cenno con gli occhi di tacere e riprendo a camminare.

Come va con la mocciosa? Non lo so, non ho capito chi delle due, viste le premesse, realmente baderà all'altra.

Capitolo undici

«Mi faranno impazzire, mi faranno IMPAZZIRE!» Appena io, Giulia e la piccola entriamo in casa, Super Carla ci accoglie con il non ancora specificato lamento del giorno.

Onorina ci passa veloce davanti, ci saluta appena con un cenno del capo e si chiude in lavanderia.

Mio padre ha messo Emanuele nel trasportino e ci comunica: «Lo porto a fare una visita di controllo». Visita di cui, chiaramente, il gatto non ha alcun bisogno.

Scapperemmo anche noi, in verità, se non venissimo subito investite dallo svelamento del malumore di mia madre: la raccolta differenziata dei rifiuti appena introdotta in città.

«Non si capisce nulla, nulla! Nella carta dovrebbero andare i cartoni della pizza se sono puliti, ma è impossibile che i cartoni della pizza siano puliti, nel secco più o meno tutto, nell'umido gli avanzi, il vetro e l'alluminio insieme, però solo fino a quando non attiveranno una raccolta a parte per il vetro... E intanto ho la casa piena di contenitori per la spazzatura e la testa piena di confusione!»

Continua nel suo monologo: «L'immondizia si accumula e fa cattivo odore... e nessuno che rispetti gli orari di conferimento! Se l'umido rimane sotto il sole tutto il giorno, diventa uno schifo!»

«Potrebbero manifestarsi epidemie di malattie affascinanti, tipo la peste o il colera...» Giulia incoraggia il melodramma in atto.

«Sì, scherza pure, ma qui c'è bisogno di regole e rispetto delle regole: cose che quella smidollata di mia sorella non è mai riuscita a insegnarti!»

Giulia le passa accanto e la bacia sul collo. «Bella, la mia zietta pesante!» e se ne va in cucina, cominciando a ispezionare il frigorifero.

Mia madre rimane in piedi a guardarmi, stringendo tra le mani pezzi di carta e alluminio, con l'occhio supplice e stanco. Forse, per la prima volta, ha trovato un avversario più coriaceo di lei.

«Signora Carla, la raccolta differenziata è davvero importante, lo abbiamo studiato in educazione ambientale a scuola.» Aurora le si mette accanto e comincia a spiegarle con pazienza: «I cartoni dei succhi di frutta diventano carta, l'organico diventa concime, il vetro ritorna vetro e la plastica plastica, mentre dal metallo si possono fare altre cose di metallo tipo le biciclette, e io avrei proprio bisogno di una bicicletta nuova».

Super Carla è rapita dalla piccola. Si siede sul divano e battendo le mani curate sul cuscino le fa cenno di sedersi accanto a lei.

«È solo una questione di organizzazione. Posso darle una mano, se vuole, l'ho insegnato anche al mio papà.»

Carla è sul punto di piangere per la gioia, lo vedo. Vorrei togliere il disturbo, ma sono ancora in servizio e la mia ritrovata professionalità mi impedisce di lasciare la mia piccola assistita, e soprattutto di lasciarla con mia madre che, credo per la prima volta nella sua vita, tace e ascolta. Questa bambina mi piace.

«Anche gli antichi Romani riciclavano il vetro, è una cosa antichissima, fondevano i cocci tra loro.» Mia madre pende dalle sue labbra come, normalmente, pende da quelle di Piero Angela. «E lo sa che riciclando una lattina si risparmia tanta energia quanto quella che servirebbe per tenere acceso un televisore per tre ore?» La piccola Aurora detta «Pubblicità Progresso».

«Per me potrebbe rimanere spento per sempre. Se devo dire la mia, la televisione è inguardabile, passano solo sciocchezze», puntualizza mia madre.

«Eccezion fatta per *Onde d'amore*, signora!» interviene Onorina dalla lavanderia.

«Sì, Onorina», dice ironicamente, anche se ha imparato ad amare anche questo aspetto della nostra adorata collaboratrice.

«A me piace molto guardare *Storie maledette.*» Di nuovo, Aurora fa un tiro e segna.

Mia madre s'illumina, la piccola le ha appena suggerito le parole magiche: Franca Leosini.

Vedo già che vorrebbe proporle serate a tema: pizza e i casi più sanguinari della cronaca nera italiana. Poi però si ricorda che ha davanti una bambina di dieci anni, particolare, ma comunque di dieci anni: «Non sarai un po' troppo piccola per quelle storie?»

«Oh, no, signora, le trovo molto educative, mi aiutano a stare lontana dai guai», risponde con naturalezza, «e poi mi piacciono anche molto i film dell'orrore.»

«Anche a me!» urla Giulia dalla cucina.

«E poi la signora Franca si esprime in un italiano così affascinante», aggiunge Onorina passandoci davanti e andando in cucina a controllare che cosa sta combinando Giulia.

Gioco, partita, incontro: la piccola ha definitivamente conquistato tutte.

Vado anch'io in cucina. In fondo sono solo a cinque passi da Aurora, non contravvengo al contratto stipulato con suo padre.

Giulia sta mostrando il suo nuovo tatuaggio a Onorina: una Santa Muerte sulla coscia sinistra, il tatuaggio della malavita messicana, qualora decidesse di andare a cercare fortuna altrove.

«Imponente, magnifico», le sta dicendo la povera donna, ovviamente ignorando che a Tijuana penserebbero che Giulia sia affiliata a qualche cartello della cocaina. «E che colori, che personalità! Però, signorina Giulia, adesso basta, rassomiglia sempre di più a un museo con tutti questi disegni addosso, è una così bella ragazza...»

Si rigira verso la pentola che bolle sul fornello, ogni cucchiaiata libera un materno e rassicurante odore di minestrone.

«Signorina Michela, potrebbe condire l'insalata, per favore?»

Obbedisco in silenzio. Da piccola il mio posto preferito era questo: in cucina accanto a Onorina che preparava da mangiare, con le sue mani piccole e la sua testa sempre in movimento, canticchiando canzoni di cui non comprendevo il senso. Spesso mi dava di nascosto piccoli pezzi di pane condito, formaggio, tocchetti di verdure, senza la paura di rovinarmi il pasto, sacra ossessione di mia madre. «Non mangiare nulla prima di pranzo che ti si sciupa l'appetito!» e mi sottraeva anche la più piccola mollica di pane.

Ancora oggi Onorina, quando se ne ricorda, mi omaggia con qualcosa da sgranocchiare. E infatti passa a me e Giulia due pezzi di pane intinti nel sughetto del minestrone.

Ricevo il boccone e verso l'olio sull'insalata, mentre suonano alla porta.

«Papà!» urla Aurora.

«Buonasera... ciao amore!» Parole accompagnate dal suono di un bacio. «Sei stata brava?» domanda alla figlia.

«Bravissima, papà, chiedi a Michela», risponde la piccola.

Forse dovrei andare in salotto a far valutare la mia giornata lavorativa al mio datore di lavoro.

«Be', andiamo a cenare, su», dice alla figlia, però mia madre, come sempre, precede e forza il naturale corso degli eventi e dice: «Perché non rimanete a cena da noi? Stiamo per metterci a tavola!»

«La ringrazio molto, ma sono terribilmente stanco...»

«Be', insisto, così non dovrà pensare a cosa preparare da mangiare.»

«No, davvero, non vorrei disturbare.» La voce di Giorgio, con me fredda e chirurgica, si tinge di una sfumatura di umanità e tenerezza.

«Onorina, aggiungi due posti a tavola!» Tutte e tre in cucina riceviamo distintamente l'ordine di Super Carla.

Giulia si mette a sedere sul piano americano, accanto alla ciotola di insalata che sto condendo e mi fa: «Cos'è, una cena di lavoro?» E pesca un pezzo di cetriolo. «Niente male il paparino, vero?» La vedo sporgersi per indagare meglio l'aspetto di Giorgio, le pizzico il braccio e lei risponde con uno schiaffo sulla mano.

«Tutti a tavola!» Carla mette fine a ogni chiacchiera.

* * *

Sembra la cena di Natale.

Io non so come sia successo ma mia madre e Onorina, in meno di mezzo minuto, sono riuscite a trasformare una ordinaria cena in famiglia in un banchetto degno della San Pietroburgo degli zar.

Non credevo neanche ci potesse essere tutto questo cibo in casa e, soprattutto, dov'è nascosto normalmente? Hanno, quelle due, un armadio segreto tipo *Le cronache di Narnia* che si spalanca direttamente all'interno del mondo fatato del supermercato vicino casa?

Il minestrone, pietanza di base, è stato preceduto da un ricco antipasto di prosciutti e ricotte.

Mia madre ha costretto Giorgio a sedersi al posto d'onore accanto a sé e di fronte a Onorina, in modo che possano studiarselo meglio.

Nonostante non sia una sua fan, non posso non compatirlo.

«Buonasera, Michela», mi aveva salutato al mio ingresso in sala, sempre giocherellando con il cinturino del suo orologio, tic che ho ormai imparato a conoscere. «Com'è andata, oggi?»

«Tutto bene, Giorgio, l'ho portata a casa sana e salva», avevo risposto, cercando di sottolineare che riportare indietro Aurora dalla scuola di teatro non era certo da considerarsi attività pericolosa e che anch'io ero in grado, nonostante le apparenze, di preservare la vita di sua figlia.

«Non avevo dubbi, volevo solo sapere com'era stato il vostro primo giorno insieme, tutto qui...» si era quasi scusato, prendendo posto accanto a mia madre, che fingeva di non ascoltare, ma captava ogni minima vibrazione anche del pensiero.

Ero stata un po' troppo aggressiva, forse, però Giorgio mi metteva a disagio, non potevo farci niente.

«Aurora, hai lavato le mani?»

«Sì, papà!» risponde lei con una punta di orgoglio, mettendogliele sotto il naso perché le annusi.

«Uhm, gelato di miele e pasta al ragù, che buon profumino.» Giorgio tira un profondo respiro dalle mani della bambina, che si mette a ridere, tradendo una consuetudine tra i due.

«Un po' di prosciutto, Aurora?» chiede mia madre alla piccola. Non posso fare a meno di notare che le due sodali, *partner in crime,* hanno tirato fuori dalla vetrinetta e disposto in tavola il servizio buono, in barba alle mille raccomandazioni che mi ero sempre sentita fare. «Lascia stare quei piatti, sarebbe un peccato se dovessero rompersi, te li do in dote, fanno parte del tuo corredo!» mi diceva sempre Carla, ogni volta che le facevo notare l'inutilità di tenere stipati servizi di piatti e bicchieri, tutti regali di nozze, senza utilizzarli.

Mio padre, che ci ha raggiunto a tavola dopo aver concluso una telefonata con il suo partner di doppio a tennis, con cui ha preso appuntamento per domani, accende il televisore senza audio, solo per leggere le notizie che scorrono sullo schermo e arrabbiarsi per i dati drammatici della disoccupazione giovanile, per la povertà crescente, per i ragazzi senza futuro.

Papà avrebbe voluto darmi il mondo, ma adesso può darmi solo i suoi risparmi. Di certo non avrebbe voluto trovarsi a passarmi la paghetta a quarant'anni.

Sono ancora in piedi grazie a questo e spendo quello che hanno guadagnato in una vita di lavoro, penso mentre lui sistema sulla tovaglia tutte le pilloline che dovrà prendere nel corso della cena, per tenere a bada le mille ingiurie che un'esistenza di impegni ed emozioni ha lasciato fuori e dentro il suo corpo.

«Oggi devi prendere solo mezza pillola per la pressione, Giovanni», gli ricorda mia madre, mentre gli serve un piatto di insalata scondita: Giovanni sta a dieta da sempre. Durante il giorno. La notte si alza e rimette le cose in ordine, svuotando il frigorifero.

«La Juventus quest'anno vincerà di nuovo il campionato per mancanza di avversari», commenta vedendo le immagini della sua squadra del cuore, reduce dall'ennesima vittoria.

«Sì, le avversarie sono molto discontinue nel rendimento e con spogliatoi pieni di prime donne, molto difficili da gestire», ribatte Giorgio.

Mio padre si illumina: «Anche tu della Juve?»

«Da quando ne ho ricordo, signor Giovanni!» s'impettisce Giorgio.

Per mio padre la Juventus è una fede al pari di quella che altri hanno per Dio, qualcosa di indiscutibile e salvifico, il rifugio nella tempesta, la speranza in una vita ultraterrena fatta di campi erbosi, palle che rotolano e maglie bianconere che le inseguono.

«Ha conquistato anche lo zio, guarda un po'», mi bisbiglia Giulia all'orecchio.

«Stai zitta!» replico con un sorriso falso.

«Di cosa ti occupi, Giorgio?» Giulia era stata troppo tempo lontana dai riflettori.

«Mio padre fa l'avvocato, però sa anche disegnare benissimo!» si intromette Aurora.

«Utile per un avvocato saper disegnare, in effetti», ribatte lei subito.

«Per un avvocato non so, ma per me e mia figlia sì, ed è anche molto divertente», fa squadra Giorgio. «E tu di cosa ti occupi?»

«Di divorzi, il mio. Siamo quasi colleghi», chiude quella stronza di mia cugina, addentando un pezzo di pane.

«Se ti servisse un avvocato per il prossimo...»

«Ti terrò presente, grazie.»

«Ma tu non hai una casa? Perché stai sempre qui?» le chiedo, tirandole un calcio sotto il tavolo.

«Non potrei mai rinunciare a tutto questo divertimento.»

Mia madre e Onorina sono così prese dagli ospiti che non hanno neanche fatto caso alla solita provocazione di mia cugina e continuano ad affaccendarsi, riempiendo piatti e bicchieri.

«Vuoi assaggiare un susumaniello buonissimo, Giorgio?» gli chiede mio padre aprendo una bottiglia.

«Volentieri, ma solo un goccio.»

«Dai, tanto non devi guidare, devi solo attraversare il pianerottolo!» si mette a ridere il buon Giovanni.

Io osservo tutta la scena come se stesse andando in onda su Sky.

Quaderno dei ricordi di Aurora Ciancio

Mi chiamo Aurora perché è il momento in cui sorge il sole e ricominciano le cose, dopo la notte.

Mi sembra una cosa bella.

Prima del giorno in cui è cambiato tutto avevo due anni però ricordo quasi tutto.

Ricordo la mamma che rimane sempre meno tempo in casa con me, ricordo i segni blu sotto gli occhi di papà e la faccia più stanca del mondo, ricordo che non sapevo dire un sacco di parole e che avevo un peluche che chiamavo Mallombo.

Poi, dopo il giorno in cui è cambiato tutto Mallombo è sparito.

Io ho sempre pensato che Mallombo, che era una renna di Babbo Natale, era andato via con mia mamma, per tenerle compagnia, perché tanto io rimanevo con papà.

Questo ho pensato e questo pensiero mi faceva sentire bene.

Michela è venuta a prendermi al corso di teatro.

Ho un maestro bellissimo, si chiama Paolo e ha gli occhi verdi e con me è sempre tanto gentile.

Mi piace il corso di teatro, mi piace fare finta.

A volte riesco a fare finta così bene che tutto sembra vero. Come quando faccio finta di non pensare poi così tanto alla mamma.

Io la mamma me la sono dovuta un po' inventare dai ricordi che avevo e da quello che vedo nelle mamme delle mie compagne.

Però penso che la mia mamma sarebbe stata ben diversa dalle altre. Io me la immagino così, diversa, ma è un mio pensiero.

Qualche volta ho chiesto a papà di dirmi qualcosa della mamma. Lui lo fa, me ne parla, però diventa molto triste e anche lui fa finta di non esserlo.

Mi dice sempre che era bello stare con lei così come è bello stare con me e mi dice che io le somiglio.

Quindi la mamma era come me, solo più grande.

Comunque ho parlato con Michela di un po' di cose, sono stata molto contenta, sento che andremo d'accordo. Se solo Giulia, sua cugina, ci stesse meno tra i piedi!

Ricordo bello: tutti dicono che lo Skifiltor è una cosa orribile ma a me piace da matti, è come giocare con un verme superciccione e a me i vermi piacciono un sacco.

La cena a casa di Michela con tutti, tutti, tutti!

Non mangiavo con intorno tanta gente da millenni, è stato superdivertente.

Onorina e la signora Carla mi riempivano il piatto in continuazione, forse pensano che a casa non mangi abbastanza, però mi piace che facciano così. Mi è piaciuto anche il minestrone, che è una cosa che io non mangio mai, mai, maissimo!

Capitolo dodici

«Mi accompagni dal parrucchiere?» mi urla Giulia dal telefono, una di quelle sue domande che contengono già la risposta: *devo* accompagnarla dal parrucchiere, non posso decidere perché l'ha già fatto lei per me.

«Penso che mi raserò completamente i capelli», la butta lì.

«Non posso farlo io qui?» Sono appena tornata a casa, dopo aver recuperato Aurora a scuola, e ho il pomeriggio libero perché lei va con il padre a non so quale parco dei dinosauri.

Ci ha provato a portarmi con loro, ma sono stata graziata dal fatto che Giorgio non mi voleva tra i piedi.

«No, Aurora, Michela avrà sicuramente di meglio da fare, lasciamola libera oggi.» E mi ha salutato con la solita cordiale, glaciale stretta di mano.

«Andiamo dal parrucchiere perché così ti dai una bella pulita anche tu, hai dei capelli che sembrano vermi fuori dalle orbite di un cadavere.»

«Immagine suggestiva ma no grazie, non ho soldi.»

«Me li ha dati tua madre!»

«E chi glieli ha chiesti?»

«Io!»

«Non ci posso credere...»

«Smettila di frignare e preparati, tra venti minuti sono lì! Non ti chiedo i soldi per la benzina, non ti preoccupare. Ma guarda questo stronzo! Bellooooo, se non sai guidare, rimani a casa o fatti portare in giro da tua sorella!!!» E riattacca il telefono, probabilmente per menare qualche automobilista reo di non conoscere il personalissimo codice della strada di Giulia, basato su una sola regola, ossia: «Ho sempre ragione io».

Mezz'ora più tardi e dopo un parcheggio davvero creativo, entriamo in questo negozio e il proprietario ci accoglie appena oltre la porta e ci dà il benvenuto nel suo «concept store». «Per noi tagliarsi i capelli deve essere un'esperienza totalizzante, che coinvolge tutti i sensi. Deve essere un'esplorazione primitiva, quasi animalesca della vostra femminilità!» ci spiega Aldino, un omaccione enorme, ben piazzato, in alcuni dettagli grassoccio, le cui mani ricordano però quelle di Edward mani di forbice.

Capi di abbigliamento, cosmetici, gioielli: c'è di tutto per esplorare la nostra femminilità e indurci all'acquisto di almeno un barattolo di cera da cinquanta euro con cui prenderci cura del nuovo, pazzesco taglio che lui, sicuramente, ci farà.

La cera dei parrucchieri è una delle più grosse truffe che uomo abbia mai concepito: cinquanta euro di una cosa con un nome francese per rimanere con le mani collose per ore e i capelli grassi per tutta la giornata.

«Allora, come ci si sente a vivere in *Tutti insieme appassionatamente*? Come ti trovi nel ruolo di Suor Maria?»

Guardo Giulia attraverso lo specchio, mentre Aldino ci fa accomodare l'una accanto all'altra.

È difficile muoversi perché ci hanno già costrette in una mantella leopardata legata intorno al collo, e ho paura che potrebbe recidermi la giugulare.

Uno dei ragazzi di Aldino mi sta impacchettando i capelli nell'alluminio, come un qualunque avanzo di cibo. «Ravviviamo un po' il tuo colore e basta», mi ha informato il capo della baracca prima che il suo aiutante cominciasse a giocare al piccolo chimico con la mia testa.

«In che senso?» chiedo a Giulia, ricevendo come risposta un sorriso che non promette nulla di buono.

Il concept store è affollato di ricche signore, mogli di professionisti che non emettono fattura, tutte lì in attesa di un miracolo, qualcosa che le trasformi così che i mariti ritrovino in loro l'antica bellezza liceale per cui le avevano sposate e la smettano di interessarsi alle giovani amanti. Intanto passano in rassegna le disgrazie delle assenti.

«Ti dico che è gay... Me l'ha detto mia figlia, pare che abbiano scoperto un suo profilo su una qualche chat di incontri...»

«Come? Ma se sono sposati da vent'anni?»

«E che vuol dire? Ti ricordi il figlio del dottor Martone? Fidanzato solo con donne per tanto tempo e poi, all'improvviso, andò in viaggio a Santo Domingo e ritornò che gli piacevano gli uomini. La madre ebbe un attacco cardiaco. Proprio lei, sempre lì a sventolare la superiorità di suo figlio rispetto ai nostri, ben le sta.»

Il rumore degli asciugacapelli in funzione mi fa fortunatamente perdere parte di queste chiacchiere, ma non mi mette in salvo da Giulia.

«Hai presente? 'Do se do qualcosa a te, Re il re che c'era un dì, Mi è il mi per dire a me'...» E si mette a cantare una canzoncina che riconosco immediatamente, illuminandomi sul nuovo modo che questa pazza ha scelto per darmi il tormento.

La cosa sembra divertirla molto perché non accenna a smettere di cantare. Di lei queste signore «shatushate» parleranno alla prossima occasione, anche perché l'ex marito di Giulia, Mauro, è il figlio di una di queste macchine da guerra del pettegolezzo e mia cugina è, da sempre, uno dei loro bersagli preferiti.

Inutile dire che lei se ne è sempre beatamente infischiata.

Infatti, al pensiero, mi metto a ridere anch'io e la guardo scuotendo la testa mentre lei continua: «Michela, la situazione è molto più grave di quello che immagini. Siamo a un passo dalla realizzazione di quasi tutti gli schemi narrativi che succhiavamo insieme al latte e all'amore malato delle nostre mamme: l'affascinante vedovello e la sua piccola figlia orfana! Sei una donna finita e non te ne rendi conto, Michela!»

«Giulia, Giulia, datti una calmata, ho solo accettato un lavoro perché tutte voi mi avete praticamente costretto, è stata la prima cosa che mi è capitata. Faccio la babysitter e basta, ma non del tipo Whoopie Goldberg in *Una moglie per papà...*»

«Ecco, lo vedi? Hai perfettamente capito di cosa sto parlando, brava! È una falla che ci impiantano nel codice genetico da bambine. Erano tutte orfane le nostre beniamine: Candy, Anna dai capelli rossi, la torbidissima Georgie, Aiko di *Hello Spank!*, l'Ape Magà, Heidi, Sara di Lovely Sara, Licia di *Kiss Me Licia...!*» Si alza in piedi, travolta dall'entusiasmo.

«Marrabbio non era certo un vedovello affascinante, Giulia!»

«No, lui no ma Lele di *Un medico in famiglia*, Ciro di *Gomorra* e Ben Affleck di *Jersey Girl* sì!»

«Ciro di *Gomorra* è vedovo perché ha ammazzato lui sua moglie.»

«Sì, però attieniti al concetto...»

Rido e basta, tanto ormai è partita.

«Orfane e affascinanti vedovi, non c'è scampo, è una falla culturale, non è colpa tua, è colpa di Walt Disney!»

«Dai, Giulia, smettila.» Le faccio un cenno con la mano, come ad allontanare una mosca, ma lei continua: «Michela, seriamente, se proprio vuoi una famiglia, prima prova a fartela da sola. Poi lo so perfettamente che alla tua età...»

«Alla mia età? Tu hai solo un mese meno di me!» cerco di protestare, ma lei sembra non avermi neanche sentito e procede come se la cosa non la riguardasse affatto: «Alla tua età ti tocca necessariamente il secondo giro di separati e divorziati, l'usato difettato, quello che non è andato bene a un'altra e devi cercare di farlo andare bene a te. Però sai qual è il dettaglio che sottovaluti? Separati e divorziati, in genere, detestano le loro ex, e per quanto tu le possa odiare saranno sempre meno pericolose del fantasma perfetto della moglie perfetta».

«Apri la bocca senza sapere di cosa parli, come sempre!» cerco di liquidarla.

Aldino procede a tagliarle i capelli, quei capelli su cui qualche anno fa aveva già posato le mani in occasione delle sue prime nozze.

«Mi sposo!» mi aveva detto al telefono, buttandola lì tra le mille altre sciocchezze che ci comunicavamo sulla linea Piccola Città-Milano.

«Eh?!»

«Mi sposo, non ci senti più?» aveva sillabato con calma.

«Come ti sposi? Con chi?»

«Dettagli...»

«Giulia!»

«Mauro Maria Argenti.»

«No!»

«Sì.»

«Da quanto state insieme?» Cercavo nella mia memoria accenni a questo fidanzato, ma nulla giungeva in mio soccorso.

«Qualche mese, ma lui è innamorato di me praticamente da sempre.»

Questo sì lo ricordavo bene. Mauro Argenti era uno dei rampolli della città, da sempre disposto a farsi asportare tutti gli organi interni pur di avere Giulia. Anni e anni di fedele devozione, alla fine, qualche risultato lo avevano portato.

«Ma ti sei innamorata?» le avevo ingenuamente chiesto.

«Oh, santo Dio, Michela, secondo te? Non è importante, sono qui, mi annoio, tu sei a Milano e non mi sono mai sposata prima d'ora, voglio vedere com'è!»

«Ti sembrano buoni motivi?»

«Non ti ho detto il migliore tra i motivi...»

«Spara.»

«Sua madre mi odia ed è disperata.»

Proprio in questo momento, perfettamente sincronizzata con il mio ricordo, fa il suo ingresso nel salone di Aldino Lady Argenti, con la sua figlia minore, Asia, studentessa di una qualche LUISS o Bocconi a scelta, con un futuro assicurato da travel o fashion blogger con i soldi di papà.

Le due ci sfilano alle spalle e, chiaramente, la Lady, guardando con disprezzo Giulia, sta pensando all'enorme assegno che il suo bambino è costretto a staccare ogni mese nonché alla casa in centro storico che le hanno dovuto lasciare.

Il problema è che il piccolo Argenti è ancora perdutamente innamorato della stronza al mio fianco.

Conoscendola, mi viene quasi da solidarizzare con sposo e famiglia, poi guardo la Gucci da ottocento euro della Lady e mi passa subito qualunque sentimento di empatia.

Ma adesso ho un altro problema.

«Ahhhhhhhh, cos'hai fatto?!?» urlo alla volta di Aldino, che ha appena finito di scartocciarmi la testa e fa passare in secondo piano la presenza di Lady Argenti.

Sono bionda, incontrovertibilmente, gravemente bionda.

«Finalmente un po' di freschezza su quella faccia!» comincia ad applaudire Giulia, la carogna.

«No, no, ma cos'hai fatto?! Ti sei sbagliato?» continuo a urlare alla volta di Aldino.

«Nessun errore, precise disposizioni!» mi risponde offeso, e va a curare un altro tipo di biondo.

«Siete state voi? Tu, mia madre e Onorina avete deciso questo orrore senza chiedermi nulla?»

«Ovvio, ma guarda stai benissimo... Sembri un'altra!»

«Che razza di complimento è questo? Io non voglio sembrare un'altra!»

«Ti converrebbe, credimi», taglia corto Giulia, rivolgendo un amabile sorriso alla sua ex suocera.

Capitolo tredici

SABATO mattina.

Molto presto, per essere un sabato mattina. Dalla posizione del sole che filtra dalle tapparelle semiaperte intuisco che non sono neanche le nove.

«Sei carina bionda...» Alessandro mi accarezza la testa piano.

Continua a ripetere solo questo: «Stai davvero bene, sei un po' buffa ma stai bene», e poi aggiunge: «Adesso però alzati ché mi sto annoiando».

Alzarmi? Da dove? Che cosa vuoi dire Alessandro? Dai, continua ad accarezzarmi la testa.

In un breve, crudele millesimo di secondo mi rendo conto che sto sognando, ma il sogno è così vivido, così reale, così emozionante che davvero sento le mani di Alessandro sulla testa.

In effetti, qualcuno sta davvero picchiettando sul mio cranio. «Buongiorno!» grida Aurora, e contemporaneamente Emanuele, quasi aspettasse un suo cenno, mi balza sulla pancia.

Caccio un urlo: «Ma siete matti? Chi ti ha fatto entrare?»

«C'è un sole bellissimo, è sabato, facciamo qualcosa!» mi sbraita nelle orecchie.

«Sì, dormiamo, Aurora, ecco cosa possiamo fare...» Evito ulteriori richieste di spiegazioni e mi giro su un fianco, indifferente sia alla piccola che al felino.

Sono due intere, lunghissime settimane che mi alzo all'alba per accompagnare questa rompiscatole a scuola, sono stremata... Per non parlare poi dei pomeriggi passati ad ascoltare, giocare, passeggiare, «cercare ricordi da scrivere sul mio quaderno», come dice lei.

No, oggi è il mio giorno libero, oggi voglio passare la giornata con il mio vecchio e fedele amante Morfeo!

A volte, tra me e me, mi trovo costretta a dare ragione a Giulia quando mi prende in giro: «Sabato sera mi porti in ludoteca? Hai le drink card? Succo di pera? Di rum ne abbiamo già bevuto abbastanza, vero?»

Riapro piano un occhio e la piccola è ancora accanto a me, ferma a lato del letto, un po' mi inquieta. «Aurora, se non ti togli dalle balle, chiedo gli straordinari a tuo padre!» la minaccio, cercando di allontanarla con la mano.

«Fai pure, tanto io non so neanche cosa siano gli straordinari.»

«Soldi, Aurora, chiederò più soldi a tuo padre.»

«Ah, bene, non occorre, me li ha già dati!» Estrae qualcosa dallo zaino.

Cerco di alzare la testa dal cuscino, ma una pugnalata mi trafigge la base del collo, nel punto in cui si incontra con la spalla destra: ho dormito male anche questa notte.

Caffè, Lexotan, sigarette, in quest'ordine, adesso, subito.

«Aurora, dov'è tuo padre?» Apro completamente gli

occhi: indossa una salopette corta di jeans sdrucito e una maglietta dei Ramones. Ha carattere, la ragazzina.

Oggi si è anche fatta i codini e, non so perché, ha un fischietto appeso al collo.

Mi sorride e mi fa vedere un mucchietto di soldi appallottolati e, nell'altra mano, il suo quaderno dei ricordi.

«Possiamo mangiare la pizza fuori!» Gli occhi le ballano in faccia da quanto è contenta.

«Aurora, ripeto, dov'è tuo padre?»

«A Bari, per una riunione con un cliente.»

«E non potevate avvertirmi prima?»

«Certo, ci abbiamo provato, ma tu non rispondevi mai al telefono!»

Prendo il mio cellulare, rigorosamente senza suoneria, dal comodino, appoggiato sulla mia copia di *Anna Karenina* che sto cercando faticosamente di terminare – per inciso, odio Vronskij, quel vacuo, inutile, mollissimo essere umano – e verifico l'infinito numero di chiamate partite dal cellulare di Giorgio.

«Non rispondevo perché dormivo...»

«Certo, per questo sono venuta a svegliarti, mi ha fatto entrare la zia Carla!»

La zia Carla? La situazione mi sta decisamente sfuggendo di mano: da un blando, subìto rapporto di lavoro stiamo arrivando a un legame parentale.

«Ok, Aurora, va bene, però adesso vai da zia e fammi preparare un litro di caffè.»

«Ci penso io, sono brava a preparare la colazione.» Scappa in cucina, chiamando mia madre.

Mi alzo piano e vado alla finestra, la apro sulla giornata che non sono ancora pronta ad affrontare. In piazzetta Maria Sol, un'amica di Onorina che lavora per una famiglia del palazzo di fronte, spinge una carrozzella con una vecchina immobile, lo sguardo davanti a sé, oltre le palme flagellate dal punteruolo rosso e gli ulivi mezzi morti di Xylella, piantati in mezzo alla piazza, e una piccola coperta verde a impacchettare le gambe.

Gli ulivi messi a dimora nelle aiuole della piazza sono stati salvati da un'eradicazione violenta, qualche anno fa, di quelle che fanno strage di alberi per guadagnare qualche metro di strada verso il mare: una cosa che mal si adatta a queste latitudini, dove quello che conta non è avere una strada che ti faccia arrivare al mare dieci minuti prima ma conterebbe avere un modo, una possibilità per raggiungerlo, quel mare.

Dalla cucina mi arrivano un'infinità di rumori e troppe chiacchiere: non so se questa di Aurora sia stata una buona idea, se la piccola mi stia facendo del bene o se mi sto solo lasciando attraversare dalle cose, mia specialità negli ultimi mesi.

«Buongiorno, signorina Michela!» L'odore del caffè non è così risolutivo come speravo. Mi metto a sedere e rivolgo a Onorina uno sguardo pieno di dubbi.

«La vedo sempre meglio!» Forse è questa la risposta alla domanda che mi gira sempre in testa: «Come sto?»

Stacco un pezzo di unghia dall'indice sinistro con Onorina che bofonchia qualcosa contro l'onicofagia, e mi abbandono sullo schienale della sedia quando, all'improvviso, la vetrina del mobile di fronte mi restituisce un'amara verità cui non sono ancora abituata: sono bionda e mi ricordo che ho un motivo in più per odiare mia madre.

«Ma che bella biondina!» Un fischio alle mie spalle annuncia l'arrivo di mio padre.

«Papà, ti prego...» cerco di fermarlo.

«Ma sì, assomigli a quell'attrice francese...»

«Giusto, Giovanni, a un'attrice francese, però quale, non ricordo...» interviene la crudele madre unendosi al gioco delle somiglianze.

«A quella... quella lì, dai... sì, hai capito... quella che è morta.» Mio padre si batte la mano sulla fronte.

«Giusto, quella che è morta!» E vanno via mentre Onorina mi porta il caffè. Si capiscono anche quando non si capiscono, forse è questo l'amore, il segreto delle relazioni che durano.

«Onorina, hanno detto che assomiglio a un'attrice morta», piagnucolo.

«Sì, però non si crucci, non è morta da tanto.» Questo dovrebbe rassicurarmi.

Ma subito, all'ingresso di Aurora in sala, mi sento in colpa, non mi piace che si pronunci la parola morte in sua presenza, mi fa stare in pena.

Lei invece non sembra affatto turbata, mentre appoggia un vassoio di paste sul tavolo: «Queste le ha prese papà stamattina per noi. Ho aspettato che ti alzassi per fare colazione, non ne ho toccata neanche una, cioè... solo un morsino a questa con la cioccolata, ma l'ho rimessa subito al suo posto».

Anche se non avesse confessato, i baffi di cioccolata sul labbro superiore l'avrebbero tradita comunque.

Facciamo colazione zitte e affamate, recuperando con le dita anche le briciole che ci sono cadute sulla tovaglia.

Bionda e affamata... in effetti sono due belle novità.

«Più tardi andiamo a comprare delle mollette, così ti sistemi quei capelli che ti si appiccicano in faccia», le dico. Le ciocche che le sono sfuggite dai codini le cadono davanti agli occhi, facendola sembrare ancora più bambina.

Mi guarda, annuisce, le scappa un piccolo rutto. «Scusa.»

«Miele!» le rispondo così come mi dicevano da piccola, cosa di cui non ho mai capito il senso ma mi è sempre piaciuta.

«Andiamo al mare?» mi chiede, tirando su con il cucchiaino l'ultimo goccio di latte dalla tazza.

«Al mare? E come ci andiamo? Ti ho detto che non guido.»

«Prendiamo l'autobus, la 32. Però prima andiamo a comprare qualcosa da mangiare, così facciamo un picnic sulla spiaggia!»

«Aurora, io veramente sono stanca, non ho voglia, avevo altri progetti per oggi...»

«Quali?»

Già, quali? Posso dirle che era mia intenzione dedicarmi a una delle mie epiche giornate di nulla e pigiama?

«Vorrei fare il cambio degli armadi», improvviso.

«Ma se hai sempre tutti i vestiti sul pavimento!»

«Ecco, appunto, vorrei metterli nell'armadio.»

«Dai... lo sai come sono ancora più belli i capelli biondi sotto il sole?»

Quando ero piccola, avrei voluto vivere in un supermercato.

Speravo sempre che mia madre e Onorina si dimenticassero di me in modo che potessi finalmente, libera e felice, unirmi alla comunità di bambini che, così immaginavo, già viveva nel supermercato, tra le corsie, venendo fuori solo alla chiusura e cibandosi unicamente di Soldini del Mulino Bianco e Nesquik.

Adoravo quella vita, la sentivo come l'unica adatta a me, l'unica in cui sarei stata felice.

Ma le due adulte mi controllavano a vista e l'unica volta che davvero mi persi sentii nella pancia un senso di struggimento e nostalgia così feroce che, come mi avevano insegnato, cercai subito un commesso e feci annunciare il mio nome al microfono.

Mi sentii importante: l'intero spazio del mio regno, il mio supermercato preferito, si era riempito del mio nome: «La piccola Michela Tommasi aspetta la sua mamma al box informazioni».

Mi regalarono anche un lecca lecca alla Coca-Cola e un timbrino di Poochie.

Aurora si muove con sicurezza all'interno del supermercato, i commessi la salutano quando la incrociano. Deve essere di casa, probabilmente viene spesso qui a fare la spesa, mentre io mi sento spaesata perché questo genere di attività, adesso, è demandato a mia madre e Onorina.

Ha insistito per prendere uno di quei piccoli carrelli di plastica con le rotelle e il manico e lo trascina dietro di sé, mentre io la seguo in silenzio.

«Prendiamo gli stecchi di biscotti ricoperti di cioccolata e il succo di pesca?» mi chiede.

«Prendi quello che vuoi», le rispondo, pensando che tanto questa gita la offre Giorgio.

Dovrei imparare da questa nanetta, dovrei vivere come se trascinassi sempre un carrello al supermercato e fregarmene delle cose.

«Adesso ci facciamo fare due panini al banco gastronomia!» E vedo correre il suo culetto di paperetta verso la vetrina dei salumi e formaggi.

«Buongiorno, Nicola!» saluta affabile come la più abitudinaria delle casalinghe.

«Ciao Aurora, cosa posso darti?»

«Due panini: il mio con prosciutto rosa, mettine tantissimo, mi raccomando, e il suo con...» Si gira a guardarmi, aspettando la mia risposta.

«Salame e formaggio!» Non ho dubbi.

Una signora accanto a me sta avendo una relazione con la fesa di tacchino, fatta di sguardi intensi e ammiccamenti, mentre un ragazzotto palestrato valuta mentalmente l'apporto calorico di quello che c'è oltre la vetrina del banco frigo.

Una voce registrata ci informa di tutte le offerte del mese.

Paghiamo e andiamo verso la fermata dell'autobus.

Con noi ad aspettare ci sono due anziane signore vestite con abiti fioriti e colorati, un uomo, indiano probabilmente, con una pelle così liscia da non tradire alcuna età e un pacco di giornali sotto il braccio, un ragazzo e una ragazza che si baciano come se fossero alla loro prima storia d'amore e, probabilmente, lo sono davvero.

L'attesa della 32 non è lunghissima. Facciamo in tempo a non farci lessare dal caldo che, nonostante siano ancora i primi giorni di maggio, già si è preso il suo spazio. Saliamo e ci sediamo vicine sull'autobus semivuoto.

Una cosa che mi manca di Milano sono i mezzi pubblici, o meglio, certi rituali dei mezzi pubblici, come incontrarsi sempre al mattino alla fermata del tram e fare un pezzo insieme per poi andare a vivere ognuno la propria vita.

Il tram è un bel posto per innamorarsi. Possiede al suo interno, per chi li vuol vedere, tutti i gesti dell'amore: salire, sedersi, cedere il posto, sedersi e fregarsene degli altri, non sedersi per paura della vecchia barcollante, ascoltare, non ascoltare, guardare fuori dal finestrino, addormentarsi e perdere la fermata, prendere il tram nella direzione sbagliata, avere il biglietto, obliterare il biglietto, farsi beccare dal controllore senza biglietto, esibire, godendo, il biglietto al controllore, sentirsi comunque in colpa quando sale il controllore, reggersi agli appositi sostegni, non farlo, sputare per terra, parlare al conducente, farsi rubare il portafoglio.

E poi scendere.

A un certo punto, scendere.

Io prendevo un tram su cui, alla fermata successiva alla mia, inevitabilmente salivano comitive compatte e solidali di signore di una certa età, con vestitini a fiori, grosse perle, piccoli orecchini ai lobi e carrellino della spesa e che spesso, d'estate, estraevano dalla scollatura fazzoletti bianchi per detergere il sudore.

Mi alzavo per lasciare loro il mio posto, con grandi sorrisi che rimanevano inevasi, quando invece io avrei voluto essere ammessa ai loro discorsi, avrei voluto che riconoscessero in me una loro simile, che ci scambiassimo segretissimi segreti su come preparare le scaloppine o su come far stare su la permanente.

Adesso penso che mi piacerebbe moltissimo andare in Posta a ritirare la pensione con loro, avere paura degli scippatori, far fare le bolle ai miei denti alla sera, mangiare di nascosto i dolci, scegliere quali vestiti indossare il giorno in cui la fatal quiete mi coglierà.

Vorrei essere già pronta per questo.

Per i viaggi alle terme, per le dispense strapiene di cibo, per i nipoti senza dover passare dai figli; vorrei il posto a sedere sul tram, vorrei profumare di borotalco e non avere più peli su braccia e gambe, vorrei la festa per la pensione, vorrei avere la vicina con cui andare al mercato, dove tasterei tutta la frutta e verdura senza che nessuno mi dica nulla.

A Milano prendevo pochissimo la metro, solo se drammaticamente necessario. Preferivo viaggiare in superficie, dove i volti delle persone mi sembravano comunque meno stanchi e disperati, dove a ogni fermata era possibile far entrare un po' di aria fresca, inquinatissima ma fresca.

La metro mi faceva venire paura di tutto. Quella folata di aria calda e gommosa che accompagnava l'arrivo del treno mi dava la nausea, la folla schiacciata all'ora di punta mi metteva la tachicardia; guardavo tutti con sospetto, temendo chissà quale insidia e stavo bene solo quando, verso l'uscita, mi rendevo conto di non aver perduto il biglietto e che, dunque, il tornello si sarebbe riaperto per restituirmi finalmente alla vita.

La 32 ci lascia sul lungomare. Aurora mi prende la mano: «Attraversiamo?»

Sta facendo tutto lei, conduce il gioco e io la lascio fare.

Il muretto che divide la strada dalla spiaggia è basso e bianco e vedo che ci sono già un po' di persone vicino al mare: chi prende il sole e chi, addirittura, è in acqua a fare un bagno in anticipo sui tempi.

C'è un caldo umido e troppa luce e io non ho portato neanche i miei occhiali da sole.

Strizzo gli occhi verso la battigia dove Aurora si è già posizionata, dopo essersi tolta le scarpe.

«Brrrr, è freddissima!» mi fa ridendo. «Dai vieni...»

Io mi sono seduta poco lontano e le faccio cenno di giocare pure, mentre io mi metto un po' a pensare.

Mi viene in mente una frase di Jane Austen, letta non so dove: «Nessuno vuole vivere l'intera sua vita in acque calme», però, in verità, guardando questo mare, un pensierino lo faccio.

Mi voglio riposare, voglio stare bene, sono stanca.

E mi sorprende, all'improvviso, un brivido: ho dimenticato il Lexotan, ma dura un attimo, tutto questo blu mi quieta molto.

«Mangiamo?» Aurora torna dall'acqua con tutta la sabbia appiccicata ai piedini paffuti.

Le porgo il suo panino e scarto il mio.

Sa di buono, decisamente.

«Ce l'hai il fidanzato?» mi domanda a bruciapelo.

«È complicato...»

«Lo sai che 'complicato' è una delle parole che voi pronunciate più spesso?»

«Voi chi?»

«Voi adulti! Tutto complicato, siete dei complicatori di professione. Io spero di accorgermi per tempo di quando starò per diventare come voi e di fermarmi a come sono ora.»

«Ah sì? E come sei ora?»

«Non lo so, ma mi sento bene.»

Mi fa sorridere. Nonostante tutto lei si sente bene.

Rimango un po' a guardarla mentre sbrana il panino e coriandoli di prosciutto cotto, rosa come lo chiama lei, le cadono sulla salopette.

La mia contemplazione è interrotta dal suo telefono che squilla: «Pronto? Ciao papà! Sì, siamo al mare... Vieni tu a prenderci? Che bello, ti aspettiamo».

Bene, abbiamo trovato un passaggio per il ritorno.

Capitolo quattordici

È POMERIGGIO inoltrato quando il papà di Aurora arriva.

Siamo sedute da un po' ai tavolini di un bar che, secondo un gusto locale che faccio fatica a capire, ricorda uno chalet di montagna, decorato al suo interno con le immaginette di tutti i santi riconosciuti da Sacra Romana Chiesa.

Io sudo freddo, resistendo alla tentazione di ordinare un Aperol spritz e fumare una sigaretta, ma ho deciso di avere la medesima deontologia di un tutore dell'ordine e non dedicarmi a nessun vizio durante l'orario di lavoro.

Giorgio accosta al marciapiede e ci fa segno di salire. Il suo arrivo dichiara la fine della guerra che avevo appena cominciato con un esercito affamato di zanzare, piene di energia dopo la pausa invernale.

«Michela, la prego di scusarmi, ho provato a chiamarla...» dice mentre sposta una montagna di faldoni che occupano il sedile del passeggero. «Avevo un incontro con dei clienti molto impegnativi.»

«Non si preoccupi, non importa.» Non ho ancora messo piede in macchina che il mio datore di lavoro si scusa e sembra davvero dispiaciuto, quasi fosse pesato più a lui lasciarmi sua figlia.

È addirittura un po' dimesso, con la barba appena lunga, i capelli disordinati e gli occhiali da sole nerissimi a murare i suoi occhi.

Se Aurora non mi avesse detto della riunione di lavoro a Bari, potrei sospettare che sia reduce da un after.

«Ovviamente le corrisponderò il dovuto», ci tiene a precisare, rivolgendosi a me come fossi un suo collega in tribunale.

E in effetti, superato lo shock del risveglio, non mi è dispiaciuto affatto che questa giornata abbia voluto dire straordinari e quindi più soldi.

Forse ordinerò quella gonna e quella maglia sul sito di COS che, da giorni, mi fanno sognare un aspetto migliore e insieme maledire Carona per la povertà postlicenziamento.

«Tutti nella creative room!» Era questo l'ordine del mio ex capo che, in genere, arrivava verso le tre del venerdì pomeriggio e ci annunciava un weekend da trascorrere in ufficio per rispettare una consegna diventata all'improvviso mortalmente urgente.

«Entro lunedì all'ora di pranzo la campagna delle 'crostatelle' deve essere chiusa!» ci diceva indicando la montagna di disgustose merendine che torreggiava al centro del loft, sede della Carona Adv, e che lui stesso ci invitava a mangiare perché «con il prodotto dovete farci anche l'amore, se necessario. Le crostatelle devono entrare nel flusso creativo...» E giù a ingozzarci di quegli abominevoli dischetti di pastafrolla e marmellata di pneumatici.

«Ciao belli, buon lavoro, ho un percorso blu, bello croccante, al Golf Club Monticello che mi aspetta... Al Faralli gli faccio il culo anche questa volta.»

Scompariva dietro la porta a vetri dell'ufficio mentre noi, mestamente, già ordinavamo il nostro sushi da asporto, tutti in modalità *winter is coming*.

«Queste crostatelle fanno davvero cagare», si lasciava andare Ian, il mio collega grafico e irlandese, gran bevitore di birra e gran tifoso del Milan, dicendo addio ai suoi biglietti per l'anticipo di campionato a San Siro.

«Potrebbe essere il claim, Ian, che ne pensi? 'Crostatelle, le merendine che fanno davvero cagare...'» Ci mettevamo a ridere seduti attorno al tavolo delle riunioni, mentre cominciavo a buttare giù frasi inutili, rigorosamente con la mia penna nera Muji 0.5.

Ovviamente Carona, al contrario di Giorgio, non pagava alcuno straordinario.

«Vi va se vi preparo la cena?» ci chiede Giorgio, ingranando la prima.

«Sì, sì, sì!» urla da dietro Aurora, lanciando in aria il suo quaderno dei ricordi su cui stava scrivendo qualcosa.

L'invito mi coglie di sorpresa, non rispondo immediatamente, come se non fosse rivolto anche a me. In realtà è soprattutto a me che è rivolto, dal momento che Giorgio fa da mangiare a sua figlia ogni giorno.

Sono piena di sole e salsedine e mi piacerebbe stare un po' sola, ma nella mia vita affollata stare da sola è evidentemente impossibile.

«Preparo gli spaghetti con le cozze, le va?» chiede Giorgio direttamente a me, obbligandomi a una risposta.

«Michela, papà cucina delle cose buonissime e io lo aiuto quasi sempre! Prendiamo anche le vongole?»

«Va bene, anche le vongole, amore.»

Entrambi mi piantano gli occhi addosso, sono – come sempre negli ultimi mesi – accerchiata.

«Sì, accetto, ma avrei un unico favore da chiederle: sarebbe prematuro darci del tu?»

Scoppia a ridere, come se si stesse trattenendo da tempo e la risata si fosse formata come una bolla nella pancia. «No, Michela, hai ragione, diamoci del tu!»

Facciamo poca strada in macchina e Giorgio si ferma davanti a una pescheria. «Vengo sempre qui, hanno del pesce buonissimo e mi trattano bene.»

Sembra mia madre.

Aurora rimane in auto, intenta a fermare i ricordi della giornata sul quaderno, noi ci avviamo verso il negozio.

Un cane randagio color camomilla sta mangiando qualcosa da un cartoccio d'alluminio, mentre sul marciapiede sfilano i primi vacanzieri di maggio con infradito e gelati al limone.

Io ho ancora freddo, non sono pronta a lasciarmi alle spalle il mio inverno mentale; un brivido si irradia dai lombi alle scapole e stringo le spalle.

L'odore forte del pesce mi disgusta e, facendomi strada tra nugoli di mosche, seguo Giorgio che va verso un vascone decorato con piccole maioliche azzurre, colmo di frutti di mare.

Saluta tutti come parenti cui si vuole bene, ricambiato con lo stesso calore, e chiede cozze e vongole.

Alle spalle del bancone noto un insensato quadro con Pulcinella che mangia gli spaghetti con le mani davanti a un Vesuvio fumante, con tanto di lucine di Natale intermittenti intorno alla cornice.

Giorgio paga e, uscendo, mi cede il passo davanti alla porta. Un uomo controllato e galante, mi ricorda un vecchio zio, non sono abituata a questo genere di attenzioni.

Torniamo a casa in silenzio. La strada che collega il mare alla città, una lunga fettuccia di asfalto, guardrail e oleandri, nasconde alle proprie spalle una discarica mefitica che, nei giorni di tramontana, violenta la periferia della città con i suoi veleni.

Dalla radio, la voce dei conduttori di *Caterpillar* ci porta a casa, verso la nostra cena.

Devo avvertire i miei genitori di non aspettarmi né di mettermi da parte gli avanzi.

Fino a qualche mese fa avrei dato metà dello stipendio per aprire il mio frigorifero milanese e trovare le polpette di Super Carla, ma adesso che sono sempre a disposizione, non sanno più di buono come un tempo. E non è certo colpa di mia madre, che continua a cucinare benissimo.

Devo avvisare i miei, però mi vergogno a farlo davanti a Giorgio, tanto mi basterà bussare una volta arrivati.

Non vorrei si preoccupassero non vedendomi tornare, non vorrei mi chiamassero loro per sapere dove mi trovo, non vorrei mi mettessero in punizione.

A trentasei anni, quasi trentasette, questa è la mia vita e Aurora se la cava meglio di me.

Giorgio parcheggia sotto casa. Spero che nessuno ci veda scendere insieme dall'auto, come un abbozzo di famiglia felice. Nel momento stesso in cui faccio questo pensiero, maledico Giulia e le sue assurde idee che, per quanto mi sforzi, riescono sempre a imbucarsi nella mia testa.

Decido di passare un momento da casa, solo per togliermi il sale dalla faccia e dalle mani e, appena apro la porta, incrocio subito mia madre al telefono.

«Alberto, te lo dico, questa storia deve finire...» È impegnata in uno dei suoi quotidiani monologhi con l'amministratore di condominio, nonostante sia sabato.

Mi chiudo in bagno, mi guardo allo specchio. Il sole di oggi ha fatto il suo dovere, sono rossa in viso come se avessi appena corso.

Non sono messa così male per l'età che ho, in fin dei conti: non ho ancora rughe intorno agli occhi né tantomeno collane di Venere sul collo.

Ci vorrebbe giusto un po' di filler a riempire quei due solchetti che dalla bocca salgono fino al naso.

Mi sparo tredici gocce di Lexotan, il minimo sindacale, il paracadute, la rete di protezione, l'abbraccio della mamma, ed esco dal bagno.

Mia madre è ancora al telefono: «Alberto, scusa un momento...» Lo mette in attesa e si rivolge a me: «Dove vai di nuovo?»

«Ceno fuori, posso?» Le indico con il mento un punto indefinito oltre la porta d'ingresso.

«Sul pianerottolo?»

«No, da Giorgio e Aurora.»

«Ah...» È l'unica cosa che riesce a dire.

<u>Quaderno dei ricordi di Aurora Ciancio</u>

Michela è diventata bionda.

Mi piace, mi sembra divertente cambiare colore dei capelli, da grande lo farò anch'io. Però mi piacerebbe avere i capelli blu, per esempio, perché tanto bionda lo sono già.

Le ragazze vogliono sempre diventare bionde, tutte le mamme dei miei compagni di scuola sono bionde e la mattina stanno tutte in piedi davanti al cancello della scuola a chiacchierare con le facce appiccicate ai telefonini.

Cioè, voglio proprio dire che fanno le due cose insieme: parlano tra loro, ma non si guardano perché scrivono delle cose sul telefonino.

Papà mi ha dato un telefonino vecchissimo solo per parlare io e lui e mi va bene, però i miei compagni di classe mi guardano come se fossi un'aliena quando non riesco a partecipare alle loro discussioni sui giochi che fanno con il cellulare.

Ho un tablet, però, e i miei libri.

I libri mi hanno insegnato a fare le avventure e a pensare i miei piani bellissimi per aiutare le persone.

Papà mi ha permesso di leggere Harry Potter, ma solo fino a un certo punto, perché poi diventa paurosissimo e la notte voglio andare a dormire con lui.

Mi piacciono i libri dove ci sono bambini un po' strani che fanno cose strane, come quello che parla di una ragazza che suona l'ukulele e va in giro con un topo in tasca, l'ho letto quest'inverno ma non ricordo il titolo.

In lettura sono la più brava a scuola, anche in un sacco di altre cose sono la più brava, ma non in matematica, lì faccio davvero superschifo.

Papà mi ha detto che anche la mamma non ci capiva niente di numeri, però sapeva scrivere delle cose bellissime.

Devo decidere che cosa fare da grande, e forse fare la scrittrice sarebbe un bel lavoro.

La mamma faceva la giornalista, che è un altro modo di scrivere, me l'ha spiegato papà.

Lei scriveva le cose che capitavano nel mondo per farle sapere agli altri.

Ecco, potrei proporre alla maestra di fare un giornalino in classe!

Io e Michela stiamo aspettando papà sedute al tavolino di un bar e lei non sa che sto scrivendo di lei.

L'ho portata al mare, oggi, ne aveva davvero bisogno!

Ricordo bello: Giacomo della IV B ha mandato il suo compagno di banco Francesco a dirmi che sono carina. Io ho detto grazie e sono andata via, perché mi sentivo un po' strana, però non so se ho fatto bene.

Devo chiedere a Michela come si fa, anche se non ha il fidanzato.

Capitolo quindici

Sono convinta che mia madre stia controllando tutto dallo spioncino mentre Aurora apre la porta.

Mi infilo in casa loro e subito noto qualcosa di diverso rispetto alla volta precedente.

Padre e figlia, rientrando, hanno tolto le scarpe e le hanno lasciate accanto alle loro borse.

Questo dettaglio riscalda un po' l'aria dell'appartamento e ammorbidisce l'impressione di eccessivo rigore che avevo avuto la prima volta che ci ero entrata.

Dalla cucina provengono rumori di pentole e musica in sottofondo. Aurora mi fa cenno di entrare nella stanza illuminata di fronte a noi e lo stesso fa Giorgio: «Vieni, Michela!»

Aurora si ferma davanti al televisore e io, sempre nei miei shorts di jeans che ho su da stamattina, mi trovo davanti a Giorgio che, smessi i panni del padre severo e dell'avvocato integerrimo che lavora anche il sabato, è scalzo, in jeans e maglietta.

«Non sopportavo più la cravatta.» Mi sorride: «Scusa, se mi presento così».

«Scusami anche tu se mi presento così...» Gli sorrido a mia volta, indicando i vestiti che indosso.

Credo di aver già esaurito gli argomenti di conversazione.

Ricorro alla frase passe-partout per provare a cominciare la serata: «Posso aiutarti?»

«Sì, grazie, apri il vino, è in frigo. Ti va bene lo chardonnay?»

Mi trattengo dall'informarlo che, in questo periodo, mi piace qualunque cosa abbia una minima gradazione alcolica, per evitare di essere licenziata prima di cena e rimanere così a stomaco vuoto e, quel che è peggio, sobria.

«Posso avere una Coca-Cola?» chiede Aurora dall'altra stanza.

«Potrai avere un'aranciata, ma solo quando mangeremo», risponde suo padre.

«Va beeeneee.» La piccola strascica le vocali e alza il volume del televisore.

Giorgio sta ricavando dalla buccia di un limone alcune striscioline sottili e le mette in infusione in una coppetta piena d'olio.

«Ma non possiamo avvertirlo che il pianoforte non fa per lui?» Sorridendo indica con il coltello il pavimento sotto il quale il solito vicino ha cominciato il suo demoniaco concerto.

«Lascia stare, lo detesto. Per non parlare di mia madre... Ho paura che prima o poi lo menerà.»

«Mi associo. Nel caso, avvertitemi», dice ridendo. «Bel tipo tua madre, davvero simpatica.»

Vuoto in un fiato il calice di vino. «Già.»

Il padrone di casa butta in una pentola bassa l'olio aromatizzato al limone e tre teste d'aglio.

Mi piace il sapore dell'aglio, mi ricorda quando da piccola, seduta a tavola con le gambe che dondolavano, assistevo alle schermaglie tra i miei nonni: la minaccia di mia nonna di non dare più baci a mio nonno, impestato d'aglio, con mio nonno che la inseguiva intorno al tavolo, lei con il grembiule, lui in canottiera bianca. Fino a quando mia nonna non si lasciava prendere e allora si scambiavano i baci più belli del mondo.

Le cozze, perfettamente mondate dalla barbetta di sporco, aspettano il loro turno in una ciotola, immerse nell'acqua.

Tra le nostre chiacchiere e i miei pensieri, il Duca Bianco ci ricorda di essere immortale con le sue canzoni perfette. Il profumo del cibo sta flirtando con il mio stomaco.

«Eri una pubblicitaria?» mi chiede, mentre abbassa la fiamma sotto la padella.

«Già, ero...» sottolineo.

«E ti hanno licenziata...» constata lui per rimediare all'imbarazzo in cui sono evidentemente sprofondata.

Alzo le spalle: «Sì, all'improvviso, dopo quasi dieci anni».

Questa conversazione sta prendendo un taglio troppo intimo e io non so che cosa potrei chiedergli senza correre il rischio di sbagliare.

Per fortuna ci pensa lui a salvarmi: «Come ti trovi con Aurora?»

«È molto più simpatica del mio precedente capo!» scherzo, giocando con la condensa intorno al calice.

«Ah sì? E lui com'era?»

«Era un pubblicitario milanese, uno squalo che credo non abbia mai provato un sentimento in vita sua, se non di fronte all'ingresso della sua banca o davanti alle tette ristrutturate di una delle sue fidanzate. Ma non era del tutto malvagio. A Natale, ci regalava un panettone e uno spumante del discount... Preferisco decisamente il mio nuovo datore di lavoro!» Indico il muro oltre il quale Aurora sta guardando la televisione.

«Tecnicamente, il tuo nuovo capo sono io.» Giorgio rimesta il sughetto, ridendo di gusto.

Qualcosa mi dice che sono diventata rossa in volto, ma non perdo il controllo: «Allora, capo, sappi che lo spumante dolce non lo tollero, è un crimine contro l'umanità, devi regalarmi quello brut!»

«Me ne ricorderò perché sono d'accordo, un crimine contro l'umanità.» Mi versa un altro bicchiere di vino.

«Papà, posso guardare un'altra puntata di *Clarence*?» ci interrompe Aurora.

«Sì, amore, solo una perché tra dieci minuti si cena, ho appena buttato la pasta. Anzi, me li tieni tu dieci minuti?»

«Sì, papà.»

«Posso andare un momento in bagno?» domando a Giorgio.

«Sì, corridoio, ultima porta a destra. Aurora, accompagni tu Michela?»

«No, fermi, non vi preoccupate, ce la posso fare da sola.» Mi alzo e seguo le sue indicazioni.

Mi richiudo alle spalle la porta del corridoio prima di aver trovato l'interruttore della luce, lo cerco a tentoni e lo sento scattare sotto le dita.

La luce mi rivela un ambiente bianco con moltissimi quadri alle pareti, una galleria d'arte colorata, fiori e paesaggi marini, in netto contrasto con il generale rigore dell'appartamento.

Guardo meglio e su ogni quadro c'è una firma, solo un nome: Sabrina.

Poi, buttando l'occhio in quella che deve essere la stanza di Giorgio, la mia attenzione viene attirata dalla fotografia di una donna, sulla cassettiera, tra tante foto di Aurora a tutte le età che ha avuto finora.

Ovviamente è uno di quei famosi momenti in cui dovrei ascoltare l'angioletto e tirare dritta fino al mio obiettivo, strozzando la mia curiosità, ma il diavoletto mi urla nell'orecchio: «Sicuramente è lei Sabrina, non vuoi vedere che faccia aveva?»

«Sì, diavoletto, lo voglio.»

Entro.

Ben attenta a non perdere il contatto con i rumori che arrivano dall'altra parte della casa, mi fermo davanti alla fotografia.

Alzo piano gli occhi sul volto, vergognandomi della mia indiscrezione e mancanza di rispetto. Sabrina è bellissima, in questa foto che la ritrae quando tutto andava ancora bene.

Ha qualcosa di rassicurante, di accogliente, e sembra aver già perdonato la mia insolenza.

La morte, comunque, l'ha resa nella mia mente un essere troppo superiore per curarsi delle mie piccolezze.

«Lei è mia moglie.» Il sangue mi si ghiaccia nelle vene. Non l'ho sentito arrivare, e se Sabrina mi ha perdonato, dal tono della sua voce non credo che lui voglia fare altrettanto.

Mi giro piano e ci troviamo di fronte, a pochi centimetri. «Oh, Dio, Giorgio, scusami, non trovavo il bagno...»

«È lì», mi dice indicando la porta, senza aggiungere altro.

Capitolo sedici

«E QUINDI ti sei fatta beccare?»

«Sì, Giulia, mi sono fatta beccare, mi sento morire...»

«E ti ha licenziato?»

«Per adesso, no.»

«Sarebbe un licenziamento per giusta causa.»

«Lo so.»

Dopo aver accompagnato Aurora a scuola, Giulia mi ha trascinato al mercato settimanale, poco lontano da casa dei miei.

È passato qualche giorno dall'incidente tra me e Giorgio e non solo sembra che lui abbia rimosso l'accaduto, ma sembra anche aver nuovamente rimosso me, ritornando all'iniziale distacco, pur riscaldato dal tu che ancora mi concede.

«Ma dopo com'è andata la cena? La cena glaciale... quel famoso film in cui la protagonista ha una ghianda al posto del cervello e non fa nulla per nasconderlo.»

«Ti prego, non mi ci far pensare. Meno male che Aurora non è stata zitta un momento.»

Ci facciamo largo tra la folla del mercato, schivando

carrellini e carrozzine. Le signore anziane con un filo di azzurro tra i capelli bianchi avanzano a gomiti e gambe larghe, pronte a ingaggiare un combattimento con chiunque si metta sul loro cammino. Si guardano attorno alla ricerca dell'«affarone», attirate ora qua ora là dalla voce dei venditori ambulanti, sirene pronte all'attacco in quel mare di cianfrusaglie e vestiti.

Il buon esito della contrattazione viene sancito da una stretta di mano e tre buste piene di maglioncini: «Di lana merino, signora, tutta lana merino».

Certamente, quel tipo di lana merino che prima o poi prenderà fuoco.

C'è un gran movimento tra le pagodine basse, piccoli templi del risparmio, l'unico dio che abbia più devoti delle tre grandi religioni monoteiste messe insieme.

Alle spalle del mercato si intravedono i profili squadrati dei palazzi popolari, sembrano Lego: lo skyline di questa parte del Sud Italia sovrastato da cielo, nuvole e scie degli aerei. Intorno a noi, il quartiere: la chiesa, l'asilo nido, l'ufficio postale, il giornalaio e il salumiere, il fruttivendolo e il parrucchiere. Un ordine delle cose rassicurante e immutabile e quindi ingannevole: in un attimo hai sessant'anni, la pancia dilatata dalla menopausa e quasi non ti ricordi come ci sei arrivata, a quel punto.

Giulia non stacca un attimo gli occhi dal suo telefonino.

«Signora, qui saldi tutto l'anno, si avvicini, prego, solo roba buonaaaaa...» Un ambulante strascica le vocali finali, gettando alla rinfusa camicette sulla sua bancarella.

Individuare che cosa acquistare prevede le doti di un rabdomante che, attirato da particolari vibrazioni, capisca dove andare a pescare.

«Ma come si fa a sputtanarsi in questa maniera?» Giulia, nonostante l'apparente assenza, non si è dimenticata di me.

«Non so che mi sia preso! Il mistero che c'è dietro Sabrina, la tragicità della cosa, boh. Comunque, era bellissima...»

«Sarai mica gelosa?»

«E tu sarai mica matta? Ancora con questa storia? Ti ho solo detto che era bellissima!»

Un fortissimo odore di olio fritto mi fa voltare di scatto: alla nostra destra un camioncino vende hamburger e fritti vari, alle nove del mattino.

«Una porzione di patatine medie con salse, grazie.» Giulia ha appena deciso che cosa mangiare per colazione.

«Come fai?»

«Lo faccio per suscitare l'invidia dei comuni mortali, mica per altro», chiarisce, ricordandomi che ha un metabolismo veloce e isterico quanto lei.

Con la sua vaschetta di patatine straunte in mano si siede a uno dei tavoli di plastica disposti davanti al ristorante mobile e si rituffa nello schermo del telefono.

Ripenso alla sera della cena. C'è poco da dire: una figuraccia senza precedenti, null'altro.

Dopo la mia trovata infelice, ero tornata a sedermi a testa bassa, indecisa a lungo se cercare di scappare dalla finestra del bagno. Poi avevo capito di non avere altra possibilità se non quella di tornare in sala da pranzo. Padre e figlia mi aspettavano seduti a tavola, con il cibo già impiattato.

«Michela, assaggia, sono buonissimi!» Aurora aveva fatto sparire nella sua bocca un'enorme forchettata di spaghetti, augurando buon appetito ai due adulti al suo fianco che, invece, non avevano più tanta voglia di mangiare.

Giorgio non mi aveva più rivolto né uno sguardo né

una parola, sembrava che nella stanza ci fosse solo Aurora. Ma più che arrabbiato mi era sembrato assente e triste, forse deluso per aver mal riposto la sua fiducia in una brutta persona come me.

Poi, terminato velocemente il pasto, mentre Aurora ancora eccitata raccontava della nostra giornata al mare, avevo chiesto scusa ed ero tornata a casa, lamentando un mal di testa da eccessiva esposizione al sole.

«Pazzesco... Ma perché non si danno due schiaffoni in mezzo alla strada anziché litigare su Facebook?»

Ormai per Giulia sono una notizia vecchia e non ho più la sua attenzione, mentre sbocconcella patate fritte lunghe quanto una matita.

«Di chi parli?»

«Di voi che state su Facebook!»

«Ci sei anche tu, evidentemente...»

«Solo per controllarvi e farmi beffe di voi. Guarda questa, per esempio», e mi passa il telefonino per farmi controllare lo stato di una ragazza. «È alla canna del gas perché è stata mollata e non fa altro che aggiornare lo stato ogni dieci minuti, postando *Insieme a te non ci sto più*, scrivendo una serie di scemate per comunicare indirettamente all'ex di stare benissimo e poi posta foto con uomini che sono probabilmente figuranti pagati da lei, dando a intendere che siano appena usciti tutti dal suo letto.»

«Ok, ma a te che importa?»

«Mi importa perché questa cosa inquina il mio karma, mi appesantisce perché mi costringono a odiarli e io, invece, voglio solo pace e amore nel mondo», sentenzia succhiandosi il sale dalle dita.

«Sì, certo, come un mite dittatore di un qualunque Paese del Sud del mondo.»

«I dittatori hanno capito tutto, sanno che le masse non ragionano bene e si prendono l'enorme responsabilità di decidere per tutti.»

«Affascinante visione dei totalitarismi.»

«Sei una mammoletta, lo sei sempre stata, e adesso ti sei ridotta a impicciarti dei morti altrui.»

«Una buona parola sempre, vero, tesoro?»

«Lo faccio per il tuo bene, cuginetta.»

«Te ne sarò grata per l'eternità.»

«Secondo me, l'uso di Facebook dovrebbe essere consentito solo ai surfisti, esseri moralmente e fisicamente superiori, con le loro tavole e le loro onde: intuisci quanto siano sexy anche incartati in quelle orrende mute.» Chiude così il discorso, illogicamente come al solito, e rimette il telefono in tasca. Poi, con la stessa naturalezza: «Toh, c'è mammina!» strilla e subito riconosco tra la folla, molto vicina a noi, la mamma di Alessandro.

«Non urlare, stupida!»

«Ma come, non vuoi salutarla? Signora, signora...» comincia a sbraitare.

Mammina ci vede e non riesce a evitarci, trascinando per un braccio la figlia Eleonora, che l'accompagna. «Chi si rivede...» accenna, senza fare finta nemmeno per un attimo di essere contenta.

«Buongiorno, signora, come va? Si ricorda di me? Sono la cugina di Michela!» Giulia le si lancia addosso e la bacia, riuscendo a coglierla di sorpresa.

La mia ex suocera ha le braccia cariche di buste e l'aria di chi avrebbe preferito incontrare Satana.

Mi alzo e la saluto anch'io: «Buongiorno signora Laura. Come sta?»

«Bene, molto bene...» Come a sottolineare che solo

ora che sono fuori dalla loro famiglia le cose vanno davvero bene.

La mia ex cognata mi guarda con affetto trattenuto per non incappare nelle ire di mammina e si limita a un cenno con la mano.

«Be', arrivederci e tanti saluti ad Alessandro!» si accomiata Giulia e, prendendomi sotto braccio, mi trascina via.

Penso che questa volta la ucciderò per davvero. Qui al mercato, davanti a tutti, non importa.

«Non capisco per quale motivo mammina sia arrabbiata con te. Dovrebbe essere felice dello scampato pericolo», mi dice pochi passi dopo.

Sì, in effetti è una bella domanda. Adesso Alessandro è di nuovo tutto suo, però poi mi viene un pensiero più intelligente: «Secondo me è arrabbiata perché anch'io ho fallito esattamente dove ha fallito lei».

«Ossia?» mi guarda interessata.

«Rendere suo figlio un uomo», rispondo abbassando lo sguardo.

«Non era compito tuo.» E questa volta è seria.

Giulia continua a guidarmi tra la folla del mercato e io continuo a guardarmi le scarpe.

Mi sento di nuovo pesante.

Mi prende una vertigine come quando, a sedici anni, fumavo le prime sigarette e la testa mi girava, uno sballo che più in là avrei maledetto più e più volte.

Il campanile della chiesa suona le dieci, è ora di tornare.

Appena rientrate a casa, ci imbattiamo in Onorina. Va di fretta ed è agitata perché oggi è il suo giorno libero e deve raggiungere le amiche che l'aspettano ai giardini pubblici per fare il punto della settimana.

«Buongiorno, signorina Michela, buongiorno, signorina Giulia.» Sta cercando le sue scarpette da ballo nella scarpiera.

La comunità internazionale che si è cementata attorno alla salsa e al merengue e alle colossali cene etniche che seguono i loro balletti, dove ognuno prepara qualcosa, si sta attivando per la serata.

Onorina, in verità, non è molto ferrata sui piatti del suo Paese, ma è una divinità in fatto di cucina locale: ha le polpette e la parmigiana nel DNA.

Da qualche mese, in occasione dei suoi balli, ha anche conosciuto Gigi, un ometto di una settantina d'anni che gestisce un bar su una delle vie più frequentate della città.

«Quando l'ho vista per la prima volta, ho capito che era quella giusta», mi aveva raccontato Gigi una delle prime volte che veniva a prenderla a casa. «Bellissima, minuta come piacciono a me, con un'energia fuori dal comune, e quegli occhi da orientale, bellissimi!»

«Il mio pudore mi impone una certa riservatezza ma, dal giorno in cui lo conobbi, il mio cielo mutò...» mi aveva confessato a sua volta la mia tata, sottovoce, perché non voleva ferire i sentimenti di mia madre che, gelosissima della sua Onorina, già temeva di passare in secondo piano.

Cosa che, per fortuna, non è mai avvenuta perché mia madre e Onorina si sono scelte e mai si lasceranno.

Rispondiamo al suo saluto e ci andiamo a sedere sulle poltroncine sul balcone, con le nostre immancabili sigarette.

«Ma adesso che guadagni un po' di soldi, non pensi che sia il caso di cercarti un posto dove vivere?» Giulia, la mia motivatrice, arriva dritta al punto.

«Sì, in effetti forse sarebbe il caso.»

«Quindi?»

«Quindi devo cercare un posto in cui vivere...»

«E ti ricordi come si fa o hai bisogno di aiuto?»

«Mi ricordo: devo andare a visitare una quantità vomitevole di case immonde abitate da esseri ributtanti.»

«Perfetto, questo è l'atteggiamento giusto!»

Non potevo non pensare alle mie innumerevoli convivenze prima di Alessandro, a quanti personaggi tristi e sporchi respirassero la mia aria, gente con cui ho condiviso il cesso ogni giorno che il Signore mandava sulla terra, ma che poi non ho mai più rivisto.

Ripenso con ribrezzo a quello che accadeva nei frigoriferi delle tante case in condivisione. La ricerca di nuove forme di vita, gli incroci tra sottilette e limoni lasciati a metà, i «gatti» di polvere che rotolavano da salotto e cucina come un rotolacampo nel deserto americano, le pantofole strascicate per terra, l'odore del cibo degli altri che è sempre nauseante, l'urgenza di qualcuno dei coinquilini di fare le pulizie, rimandate da anni, necessariamente il sabato mattina, quando ti sei appena addormentata dopo una notte intensa, o il bisogno irrefrenabile di cantare e suonare la chitarra, dopo un milione di canne, alle quattro del mattino. Quelle case tristi, mai ristrutturate, con le piastrelle bianche, le fughe incrostate, i pavimenti degli anni Settanta, gli infissi bucherellati e tutto quello che ti faceva pensare che diventare grandi fosse una gran fregatura.

In effetti, a pensarci bene non ho una gran voglia di cercare un posto dove stare, adesso. Mia madre e mio padre sono i migliori coinquilini che abbia mai avuto: il frigo è sempre pieno, la casa sempre pulita e i vestiti sempre ripassati nell'ammorbidente, perché cercare altro?

«Oppure divorzia da un cretino, come ho fatto io!» Giulia ci tiene sempre a ribadire la sua superiorità morale, interrompendo i miei pensieri.

Guardo oltre il balcone, dall'altra parte della piazza. Due ragazzi hanno acquistato e ristrutturato un appartamento e ci si sono trasferiti.

Hanno appena portato i mobili e messo le piante sul balcone. Una cosa bella, che mi fa venire voglia di essere normale.

In strada, due anziani signori tornano dal supermercato, la cui insegna la sera si confonde con i colori del tramonto. Lui cammina piano, incerto, lei lo segue tirandosi dietro un carrellino. Penso ai miei genitori tra qualche anno... Mi devo dare da fare, non li posso lasciare così, con una figlia ancora da crescere.

Quaderno dei ricordi di Aurora Ciancio

Io sono stufa di alcune cose.

Sono stufa di dover mangiare cose che non mi piacciono solo perché mi fanno bene.

Sono stufa di dover sempre tenere tutto in ordine.

Sono stufa di sentirmi sempre preoccupata per tutto.

Sono stufa di dover fare le divisioni, perché tanto ci sono le calcolatrici.

Sono stufa di non riuscire a dire alcune cose.

Ma, soprattutto, sono stufa di fare sempre alcune cose da sola.

Senza papà.

E sono stufa dei miei compagni che mi guardano in maniera strana, come se avessi qualcosa di meno, qualcosa che non va.

Io guardo molto i loro genitori per capire com'è, cos'abbiamo di diverso io e papà e, a volte, questi genitori sono così noiosi, finti e con troppo profumo che non ci starei accanto per nessun motivo al mondo.

Ma la cosa peggiore è quando io passo e le mamme smettono di parlare e mi sorridono che sembrano sceme e fanno degli occhi che avrei voglia di prenderle a pugni fortissimo.

Io lo so che stanno parlano di me, le ho sentite tante volte, non lo sanno che sono una bambina ninja e sono velocissima a muovermi. Dicono: «Poverina, così piccola, la sua mamma, che tragedia».

E io gli vorrei urlare che non mi chiamo poverina, ma mi chiamo Aurora, che è un nome bellissimo. L'ha scelto la mia mamma che non era né noiosa né finta e, secondo me, aveva un odore di pasta di mandorle e matite temperate.

E poi, chissà se loro fanno con i loro figli le «serate gelato» o le «serate pollo fritto», come fa mio papà con me, dove mangiamo solo quello finché ci va, e guardiamo un film che ho scelto io. Una volta che avevo la febbre abbiamo fatto «serata gelato» e «serata pollo fritto» insieme e abbiamo guardato il film dei Minions e papà mi ha fatto dormire nel lettone con lui.

Secondo me non sanno fare proprio un bel niente di divertente loro, e sono supernoiose, non come il mio papà, che invece è l'adulto più divertente che conosca e, al secondo posto, ora c'è Michela.

Ricordo bello: oggi nessuno. Ho sprecato la giornata, fino adesso. Quindi ora mi sforzo di trovare un ricordo bello... Quando ho appiccicato la gomma nei capelli di Carlotta! Lo so che non si fa, sono anche stata messa in punizione, ma è così vanitosa che le serviva proprio una bella lezione.

Capitolo diciassette

«MA perché ci devo andare sempre da sola? Perché non vieni mai con me?»

«Aurora, amore, io lavoro, non...»

«Una volta, ti prego, solo una volta!»

«Aurora, per favore, non fare così.»

«È una gita, solo una piccola gita, i genitori dei miei compagni li accompagnano sempre! Tu no, e io devo sempre andare a fare la pipì con la mamma o il papà di un altro bambino... Io voglio andare a fare la pipì con te!»

Ho accompagnato a casa Aurora e, appena varcata la soglia di casa, è cominciato uno psicodramma famigliare.

Guardo Giorgio. Sembra essere diventato pesantissimo, risucchiato dall'impotenza e dal senso di colpa, messo in difficoltà dall'ennesima comunicazione scuola-famiglia.

Si informano i Signori genitori che sabato 21 maggio p.v. la classe si recherà in gita a Matera, alla scoperta delle bellezze della città dei Sassi. La partenza è fissata per le ore 6 del mattino, luogo di ritrovo dei partecipan-

ti il piazzale antistante la scuola. È previsto un pranzo al sacco e il ritorno in serata. Genitori ed eventuali accompagnatori autorizzati potranno partecipare alla gita nei modi e nei tempi concordati con le maestre.

Per tutto il tragitto da scuola a casa la piccola era rimasta in silenzio, cupa e pensierosa, e per nulla intenzionata a mettermi a parte dei suoi crucci.

Avevo pensato che, forse, una bambina di dieci anni funziona in questo modo, che cosa ne so io di quello che passa per la testa di una creatura così piccola?

Avevo provato a ricordare com'ero io alla sua età.

Ero convinta di essere un'aliena, facevo degli interrogatori serrati ai miei genitori sperando di farli cadere in contraddizione e costringerli a svelarmi la verità: ero caduta sulla terra da una navicella, loro mi avevano trovato e portato a casa.

Erano intervenuti per correggere chirurgicamente alcuni segni che tradivano le mie origini extraterrestri, tipo le orecchie a punta, la lingua da rettile e le ventose che avevo sui polpastrelli. Evidentemente avevano fatto un buon lavoro ed ero diventata una bambina dalle sembianze terrestri.

Più difficile era stato correggere i miei istinti alieni, tipo mangiare le formiche o bere dalle pozzanghere: desideri che, d'istinto, non avevo ma mi sforzavo per non smentire la mia teoria.

Sovente sono stata messa in punizione per questi vezzi poco igienici.

Poi, subito dopo questa parentesi, mi ero convinta di voler fare l'archeologa e scoprire civiltà perdute e fingevo di capire perfettamente il greco antico, letto direttamente da alcuni libri che mia madre conservava dal liceo.

Secondo la mia personale visione dei fatti greci, questi erano un popolo di elfi e fate dedito alla vita pacifica, tra ruscelli di latte al cioccolato e alberi di caramelle. Vivevano in un eterno carnevale e il loro travestimento preferito era da guerriero, come si poteva evincere dalle figure che amavano dipingere sui loro vasi.

Un evidente caso di revisionismo storico, il mio.

Per il resto, tutto nella norma, credo: litigi con le amiche, compiti, balletti davanti allo specchio.

Ma io avevo una mamma molto presente nella mia vita. Non so che forme e che peso assuma una mancanza del genere nella vita di una bambina di dieci anni.

Varcata la soglia e intercettato lo sguardo di Giorgio, ancora pieno di codici e sentenze, Aurora ha totalmente perso il controllo.

Lui mi ha appiccicato addosso uno sguardo da giudice per le indagini preliminari e io ho subito sgranato gli occhi e scosso la testa per comunicargli la mia totale estraneità ai fatti.

«Aurora, ti prego, cerca di ragionare...» le dice ora cercando di calmarla.

«No, sono stufa di ragionare, ho dieci anni, non posso ragionare sempre io!» e, sbattendo la porta, ci lascia lì in sala con un problema da adulti da risolvere.

Giorgio si butta sul divano, si allenta la cravatta e mi fa segno di sedermi.

Credo stia per cominciare una riunione di lavoro.

«Ha ragione, ha ragione...» dice quasi tra sé e sé, «però non so proprio come fare.» Sprofonda nello schienale.

«Ma i genitori vanno in gita con i bambini?» chiedo. Ai miei tempi sarebbe stato una specie di sacrilegio, un'invasione di campo vergognosa.

È la prima volta che parliamo dopo il mio *epic fail* con la foto di Sabrina.

«Pare che adesso si usi così: i bambini stanno con le maestre e i genitori fanno gruppo tra loro.»

«Tipo una comitiva di genitori?»

«Tipo la manifestazione in carne, ossa e chiacchiere del famigerato gruppo WhatsApp *La meravigliosa IV A*...»

«Eh?!»

«La chat della classe.»

Scoppio a ridere. «Mi stai dicendo che tutti voi genitori siete nel gruppo WhatsApp *La meravigliosa IV A*?»

«Già...» La tensione di Giorgio si allenta un po' e ride pure lui.

«E a fare cosa?»

Giorgio non mi risponde, si limita a passarmi il suo smartphone. Sull'icona di WhatsApp c'è il cappelletto delle notifiche: centosessantatré messaggi ricevuti e non letti dal gruppo *La meravigliosa IV A*.

«Centosessantatré?»

«Centosessantatré. Nelle ultime due ore.»

«Ma è successo qualcosa di grave?» mi allarmo.

«Apri e leggi», mi fa con l'aria di chi sa che soltanto vedendo con i miei occhi potrò avere una risposta.

A questo punto, vengo inghiottita in un mondo che mai avrei potuto immaginare, un paese delle meraviglie abitato da genitori digitali con dita velocissime e tastiere sempre con il colpo in canna, pronte a sparare migliaia di messaggi nella chat.

Buongiorno!
Buongiornissimo! Caffè?
Buongiorno, amici!

Una splendida giornata a voi!
Sono al bar, voi dove?
Siamo qui!
Ah sì, ora vi vedo! Tre faccine che ridono con le lacrime.
Buon appetito a tutti!
Guardate cosa si mangia oggi (con foto di piatto appetitoso ma, probabilmente, rimediato in una gastronomia sulla via per tornare a casa)
Wow!
Gnam!
Slurp!
Faccinafaccinafaccina
Gif di gattino che mangia pancakes
Gif di Beyoncé che mangia un panino
Foto di Katy Perry che lecca un gelato (per i più audaci)
Catena di Sant'Antonio 1, cui si risponde con catena di Sant'Antonio 2 e 3!
Non ci credo ma partecipo... Faccina con occhiolino
Un mio amico una volta non l'ha fatta e gli hanno rubato la macchina!
Gif di SpongeBob che urla terrorizzato
Barzelletta sconcia di Papà di Luca
Tre faccine che ridono con le lacrime di Mamma di Cristina
Buon pomeriggio, chi c'è per un caffè? chiede Mamma di Cristina
Io! risponde Papà di Luca
Che compiti hanno i bambini per domani? (messaggio inoltrato mentre i bambini sono ancora a scuola)
Comunque, non per fare polemica, ma le maestre dan-

no troppi compiti ai bambini. Poi magari sbaglio, io però la penso così!
Guarda, sfondi una porta aperta, non so più come incastrare tennis, calcetto e piscina!
Molte manine che applaudono
Altra barzelletta sconcia di Papà di Luca
Altre faccine che si sganasciano di Mamma di Cristina
La settimana prossima è il compleanno della maestra Lucia, Regalo? Idee? Quota?
Segue feroce discussione in cui tutti litigano con tutti tranne Papà di Luca e Mamma di Cristina, che non partecipano alla chat da più di un'ora.

«Non posso lasciarla sola con questi matti, Giorgio. L'accompagno io, se mi dai il permesso!»

«Sìììììììììììììì!» sentiamo urlare dalla stanza di Aurora.

Quaderno dei ricordi di Aurora Ciancio

Finalmente le cose cominciano ad andare secondo i miei piani.

Non mi sfugge niente.

Poche cose sono più belle di un piano ben organizzato e io ho usato la mia arma più micidiale: i capricci.

Lo so che è una cosa scorretta ma, alla fine, devo usare quello che ho, i miei mezzi sono questi!

Ma lo faccio per una giusta causa, lo so che ci divertiremo e, caro quadernino, vedrai che la prossima volta riuscirò a far venire anche papà!

Sono superfelice e questo è sicuramente un bel ricordo.

Capitolo diciotto

Con questa faccenda dell'alzarsi presto adesso stiamo esagerando.

La partenza fissata per le sei del mattino ha fatto sì che Aurora alle cinque fosse già fuori dalla porta di casa, scalpitando nel timore di fare tardi.

Mia madre si è limitata ad aprirle ed è tornata a letto, e lei mi ha svegliato con i suoi soliti modi, tirandomi via il cuscino.

Temo che il prossimo passaggio sarà direttamente la consegna delle chiavi di casa, così non dovrà più rendere conto a nessuno e agirà indisturbata, entrando e uscendo a piacimento, interrompendo prematuramente il mio sonno già precario.

Svegliarsi presto ti mette in una strana posizione di forza rispetto al mondo. Mentre gli altri sono indifesi e vulnerabili, con il sonno ancora attaccato addosso, tu hai già fatto cominciare la tua giornata.

«Ti ho preparato un panino per il viaggio», tenta di blandirmi Aurora, mentre io, in mutande, sono entrata in bagno per avviare le procedure di risveglio.

La guardo e dico solo: «Aspettami in camera, zitta e immobile!»

Gli occhi rimangono saldamente incollati, non vogliono collaborare, la testa è pesante e mi ciondola da un lato e poi dall'altro. Solo mani e braccia sono un po' più attive e così apro il rubinetto dell'acqua fredda, la lascio scorrere perché anche lei perda il tepore della notte e ficco la testa sotto il getto.

Adesso comincio a reagire, dolorosamente ma reagisco.

Mi vesto alla meno peggio con quello che trovo tra sedia e pavimento, mentre Aurora armeggia con il suo quaderno (spero che questo momento non finisca lì dentro, non voglio che mi ricordi così, con gli occhi cisposi e l'alito da notte).

«Andiamo», le faccio alla fine, ma lei è già fuori sul pianerottolo, dove ci aspetta Giorgio ancora in pigiama e pantofole.

Istintivamente abbasso lo sguardo, questa immagine troppo intima attiva con violenza il mio senso del pudore.

C'era chi diceva: «Non avere timore del tuo capo, immaginatelo in mutande!»

Ecco, io l'ho visto in pigiama, siamo riusciti a dissacrare anche questo.

«Divertiti, amore, ti telefono dopo.» Dà un bacio a sua figlia.

Aurora si aggancia alla mia mano e mi prendo il grazie di Giorgio, appena sussurrato ma sincero.

«Aurora, non correre, almeno questo!» la imploro. La piccola scalpita. L'abbiamo fatta contenta con poco: tutto sommato un minuscolo sacrificio per me, una grande gioia per lei.

Arriviamo davanti alla scuola e la chat IV A prende

forme e sembianze umane. Tutti quei «Buongiorno, caffè?» quelle gif di gattini, quelle barzellettine sconce adesso sono qui, davanti a me, profumati e ben vestiti, complici e sodali tra loro come membri di una setta segreta.

Con i piedi sprofondati nelle sneakers mi avvicino a tacchi e mocassini di pregevole fattura, mamme in jeans skinny, padri con polo e giacche, barbe rasate e messe in piega recenti, outfit perfetti per una prima teatrale, non per una gita a Matera alle sei del mattino.

Tra unghie e borsette costose, mi infilo le mani rosicchiate in tasca, ma il resto non posso nasconderlo.

Almeno sono bionda anch'io, forse mi accetteranno.

Però si vede che il mio è un biondo imposto, non sono stata benedetta dalla grazia dell'avere il «sangue biondo». Loro sono bionde come se lo fossero sempre state, come se quel marrone che gli era toccato alla nascita fosse stata una piccola svista di Dio, che si era poi rimanifestato sotto forma di parrucchiere a duecento euro a seduta.

Avvicinandomi, comincio a distinguere volti che mi ero lasciata indietro vent'anni fa.

I genitori dei compagni di classe di Aurora, come si riporterebbe in un'inchiesta giornalistica, appartengono tutti alla mia generazione. Compagni e compagne di scuola totalmente persi di vista e, il più delle volte, giustamente.

Questa gita maledetta si sta trasformando in una di quelle tristi rimpatriate scolastiche, una cosa alla Carlo Verdone, per intenderci, dove spero di interpretare il ruolo di Fabris, così che nessuno possa riconoscermi.

Potrei recitare a memoria l'appello della popolarità dell'epoca, ora tutti con vent'anni in più addosso, figli, carriere, lavori e frustrazioni.

Però sembrano tutti aver raggiunto lo scopo per cui

erano stati programmati: sposarsi tra loro, riprodursi, portare avanti l'attività di famiglia.

Sembrano persone quadrate, complete.

Io non ho un vero lavoro e quindi non ho soldi.

Non ho soldi quindi non ho una casa.

Non ho una casa quindi non ho un'indipendenza.

Non ho una relazione quindi non ho emozioni.

Sono praticamente la metà di un essere umano, e spero che nessuno di loro mi faccia domande.

Aurora mi molla la mano per raggiungere i suoi compagni di classe. Sembrano abbastanza bambini nonostante siano figli di questa armata da red carpet.

«Buongiorno...» Mi avvicino al gruppo, sperando di essere ammessa.

«Buongiorno...» mi rispondono più e meno all'unisono, e si mettono in attesa.

In effetti, tocca a me presentarmi.

«Sono la baby-sitter di Aurora Ciancio.» Spero siano le parole giuste.

Il branco mi guarda sorridendo: la loro memoria deve aver conservato alcuni file sulla mia persona.

Spero non ricordino anche le mie sopracciglia selvagge e gli abiti da camionista che indossavo quando le nostre vite si sono incrociate per la prima volta.

«Ah sì, ce l'avevano detto le maestre che la piccola sarebbe finalmente venuta in compagnia», mi risponde la capobranco con le labbra gonfie che si presenta come «mamma di Maria Sole».

Quel *finalmente* mi indispettisce, un avverbio cui tutto il gruppo si accoda, condannando la situazione di Aurora e dimenticando il fatto che se lei alle gite ci va sola è per un preciso e doloroso motivo.

«Ciao Michela!» Una delle maestre si avvicina, e probabilmente lo fa per scopi umanitari.

Mamme e papà della IV A riprendono da dove il mio arrivo li aveva interrotti, e intanto avanza verso di noi il grosso pullman che ci porterà a destinazione.

Una volta saliti – i bambini in fondo, noi adulti davanti – mi metto a sedere, sicura e felice di avere davanti tre ore di nulla, musica e sonnellini.

Comincio a sbrogliare la matassa delle cuffiette e, dopo aver lanciato un'occhiata ad Aurora, impegnata in una conversazione con un compagno di scuola con gli occhialoni rossi e i capelli a scodella, tento di imprimere al sedile la forma del mio corpo.

«Posso? Ciao, sono Federica, la mamma di Carlotta.» Una delle pantere della chat mi rivolge la parola, indicando il posto libero accanto al mio.

Rimango un attimo interdetta. Mamma di Carlotta... mai avrei creduto che una delle mamme più in vista del gruppo si volesse accompagnare a una paria come me.

Mamma di Carlotta in chat è leader carismatica, quella che organizza caffè e feste, quella alle cui battute si risponde sempre con almeno tre faccine molto sorridenti.

Mamma di Carlotta è Federica Delli Carri, una delle ragazze più popolari ai tempi del liceo, quella che tutti i ragazzi volevano caricare sul loro motorino e poi, magari, anche sulle loro gambe.

Federica Delli Carri: un sogno erotico che per molti diventò realtà.

«Siamo contente che ci sia anche tu, Aurora ha molto bisogno di una presenza femminile nella sua vita.» Va dritta al punto, come se fosse un suo diritto avere un'opinione sull'educazione e la vita di Aurora e Giorgio.

Le sorrido, guardando con significativa intensità le cuffiette che, miracolosamente ma inutilmente, ho sbrogliato in una sola mossa.

Federica non coglie il messaggio.

«Che terribile storia, povera Aurora...» Cerca di spingermi nella palude delle confidenze condivise, però io sono una professionista seria: non tradirò mai il patto di fiducia tra me, Giorgio e Aurora. Che vada a spettegolare con qualcun altro, questa cheerleader sfatta!

Ma lei non demorde, immobile come quel rossetto rosso che le durerà, eterno, perfetto e inattaccabile, almeno fino a sera.

«Spesso tra noi mamme si è discusso di questa cosa. Avremmo voluto aiutare Giorgio, ma lui è sempre così distaccato e distante, non trovi?»

I bambini, dal fondo, cominciano a cantare la sigla di due cartoni distinti, le bambine contro i bambini, in uno scontro canoro di genere in cui vince chi urla di più.

«Bambini, state buoni altrimenti si torna indietro!» li sgrida una delle maestre. Gli altri genitori se ne fregano beatamente, sono in gita anche loro.

La presenza della Delli Carri ha cristallizzato il mio tempo, che scorre lentissimo. Sarà un'altra era geologica, quando arriveremo a Matera.

Cerco Aurora con lo sguardo. La vedo, sta sorridendo.

«È una bambina adorabile, davvero adorabile, educatissima e socievole», continua la cheerleader.

«Sì, lo è.» Questa volta non posso fare a meno di rispondere.

«Sarebbe bello se Giorgio volesse partecipare di più alle nostre iniziative, siamo un gruppo molto unito, facciamo tante cose insieme... Non sarebbe l'unico a essere solo. Io, per esempio, ho divorziato da mio marito due anni fa. Comunque, già il fatto che abbia mandato te è importante, ma non ci dà alcun segno, non risponde mai in chat, neanche una volta!» Sembra sinceramente offesa dai silenzi di Giorgio, e chissà come reagirebbe se sapesse che il mio capo ha silenziato il gruppo per sempre.

«Giorgio lavora moltissimo, non riesce a...»

«Ma certo, lo so, è diventato in pochissimo tempo uno degli avvocati più stimati della città!» Federica mi interrompe senza darmi il piacere di proseguire. Ho il sospetto che abbia fatto una sorta di *follow the money*, un'indagine patrimoniale su Giorgio.

«Sì, lo è...» Anche questa volta non posso fare a meno di rispondere.

«Uno dei giuslavoristi più quotati in città. Nonostante sia così giovane, è riuscito in pochissimo tempo ad avere uno studio tutto suo!» La cheerleader sembra pronta a lanciarsi in uno di quei balletti a margine delle partite di pallacanestro: «Dammi una G, dammi una I, dammi una O», eccetera eccetera.

«Sì, lo è...» L'unica cosa che, evidentemente, riesca a dire.

«Dovrebbe distrarsi un po', è così giovane, può tranquillamente rifarsi una vita. Dovrebbe uscire di più, tanto adesso ci sei tu con la bambina, no?» continua, come se dovessi cogliere un messaggio velato che, al momento, mi è ancora parzialmente oscuro.

Fa per alzarsi e raggiungere le sue simili, lasciandomi finalmente al mio silenzio, ma non ha ancora finito con me: «Che tu sappia, vede qualcuno?»

Il suo disegno mi si svela senza alcuna ombra o fingimento.

Quaderno dei ricordi di Aurora Ciancio

La gita è stata bellissima, e finalmente anch'io avevo qualcuno con me.

Tutte le altre mamme guardavano Michela con occhi strani. E ci credo! Nessuna di loro è come lei. È proprio speciale Michela, ci ho visto davvero giusto a voler diventare sua amica.

Ci siamo svegliate presto tutte e due. Finalmente lo fa anche lei, così ha un sacco di tempo in più per vivere, e le ho dato la mano per non farla sentire sola, tra tanta gente che non conosceva.

Certo, è venuta vestita un po' come si veste lei in questo periodo, cioè in un modo proprio confuso e pasticciato, ma anche per questo lei è super-speciale, specialissima.

A un certo punto l'ho lasciata sola, anche se con lo sguardo la controllavo in continuazione.

Ho visto che ha parlato tanto con la mamma di Carlotta che, come già sai, quadernino, io odio, speriamo non facciano mai amicizia.

La gita è stata bellissima, abbiamo camminato un sacco e visto cose che qui non ci sono e, alla fine, ho preso anche una calamita da frigo per papà e per i genitori di Michela e una cartolina per Onorina.

Al ritorno ero stanchissima, ho lasciato i miei compagni di classe e mi sono seduta accanto a Michela per ringraziarla, senza dirle nulla.

Poi però mi sono addormentata su di lei e quando mi sono risvegliata, papà mi stava portando a casa.

Questo è stato bello.

Ieri ho fatto un giro in bici con papà e ho preso un vetro con la ruota, che si è bucata, spero me la ripari presto, mi piace tanto andare in bici ora che è quasi estate.

Abbiamo riportato la bici bucata in garage, ma io avevo ancora voglia di stare fuori, così papà mi ha messo seduta sulla canna e ci siamo fatti dei giri spericolatissimi intorno alla piazzetta, ridendo e urlando come le scimmie.

Devo chiedere a Michela se ha voglia di venire con noi qualche volta.

Questo quadernino ha sempre più ricordi: siamo quasi pronti!

Capitolo diciannove

«La tua assenza dalla chat di WhatsApp ti ha reso un personaggio mitico!»

Incontro Giorgio nell'atrio del palazzo qualche giorno dopo la gita. Sono di buonumore e ho voglia di prenderlo in giro.

«Diciamo che lavoro molto ma, in realtà, anche se avessi tutto il tempo del mondo, non vorrei frequentare quel gruppo neanche sotto tortura», mi risponde.

«Bravo, tanto ora hai trovato chi mandare al tuo posto.»

«Mi odi per questo?» scherza lui.

«Un po' sì.» Gli sorrido.

Mentre controlla la buca delle lettere continua: «Devo essere sincero, neanche da bambino mi piaceva andare in gita perché soffrivo di mal d'auto e, puntualmente, a metà viaggio, l'autista doveva fermarsi perché io mi sentivo male. Così, mentre tutti gli altri si divertivano tantissimo, la maestra mi costringeva a sedere davanti insieme a lei e a concentrarmi sulla strada. E la maestra sapeva di fiori marci e caffè, aveva il rossetto rosso tutto spalmato sui denti e dei peli nerissimi sul mento che a vederli mi davano il voltastomaco. Insomma, alla fine, mia mamma ha smesso di mandarmi in gita, tanto si andava sempre a visitare chiese e santuari...»

«E i compagni ti prendevano in giro per questo?»

«No, mai, perché avevo la fortuna di essere un bambino molto bellino e davvero bravo a calcio. Le mie compagne di classe facevano a gara per starmi vicino e prendersi cura di me, mentre i compagni mi volevano in forma per avermi nella loro squadra», si prende in giro.

Sorrido e un po' mi vergogno perché penso che è diventato anche un adulto molto bellino, e Aurora gli somiglia davvero tanto.

«Io invece in gita mi divertivo molto, e siccome ero una secchiona sin da piccola, arrivavo preparatissima e precedevo l'intervento delle guide turistiche. Ero odiosa e, al contrario di te, non ero bellina, quindi non potevo sfruttare questo vantaggio.»

Ride a sua volta. «Be', se non eri bellina, adesso lo sei, non ci sono dubbi su questo.» Abbassa impercettibilmente gli occhi, se sono fortunata non ha notato che mi friggono le guance.

Il pavimento è stato appena lavato e nell'aria c'è il caratteristico odore di pulizie condominiali: cane bagnato e fiori chimici.

«Attenta a non scivolare», si premura, mentre avanzo stringendo in mano il sacchetto della spesa. Mia madre mi ha chiesto di prendere delle cose e io ho obbedito: sto diventando una figlia modello, quella che avrebbe sempre voluto.

Gli sorrido e noto uno strano particolare: «E tu che ci fai con una ruota in mano?»

«Ho promesso ad Aurora di ripararle la bici e ho preferito prendermi la mattinata libera, temo di non essere molto pratico.» Si guarda intorno, mostrando un'espressione meno contratta del solito. «Non ricordavo ci fosse tanta luce fuori dallo studio e dal Tribunale!» osserva ridendo.

«Già...» E penso alle mie infinite mattine di luce, inutilmente trascorse a letto.

«Se vuoi, posso aiutarti io. Non lo faccio da un po', però non dovrei aver perso l'allenamento.» Sto cominciando a risolvergli un po' troppi problemi...

«Davvero?»

«Certo! Ma il mio compenso come meccanica è più alto di quello da baby-sitter.»

Gli faccio l'occhiolino (mio Dio, forse, sto flirtando!) e mi giro anch'io verso la buca delle lettere, liberandola da una quantità mostruosa di volantini pubblicitari stratificati l'uno sopra l'altro.

L'ascensore arriva al piano e la porta si apre a scatti.

«Ma quanto pesa questa porta!»

«Lo dobbiamo fare presente alla prossima riunione di condominio!»

«Non siamo tutti giovani e forti...»

Le due voci lamentose provenienti dal vano dell'ascensore trovano un varco grazie all'aiuto di Giorgio, che accompagna l'apertura della porta.

«Ma è matto? Stava per farmi cadere!» si inalbera una delle due voci aggredendolo subito.

«Che modi!» le fa da contraltare la seconda voce.

L'ascensore sputa fuori le feroci sorelle Bruni del terzo piano, avvolte dal fumo delle loro sigarette, una specie di Selma e Patty, le sorelle di Marge Simpson, ma dell'altro secolo.

Nonostante i reiterati inviti da parte dell'amministratore di condominio, le Bruni, due gemelle ottantenni mai dome, aspettano l'istante esatto in cui entrano in ascensore per accendersi contemporaneamente una sigaretta.

«Noi paghiamo la manutenzione dell'ascensore come tutti e quindi anche noi abbiamo dei diritti. E poi siamo due anziane signore e voi non avete alcun rispetto», recita la risposta preregistrata che da una vita continuano a dare.

Finite le lamentazioni, ci squadrano per bene e rispondono gracchiando al nostro saluto, per poi proseguire verso l'uscita.

Giorgio mi cede il passo ed entro con naturalezza nel fumoir che è diventata la cabina, ricordandomi della claustrofobia solo quando il mio compagno di viaggio ha già pigiato il bottone del settimo piano. Fortunatamente, però, la mia ansia sembra sotto controllo.

Poso la busta per terra e mi guardo allo specchio: le guance sono meno scavate del solito, l'interruzione del digiuno comincia ad avere i suoi effetti.

Le porte si chiudono e dopo pochi secondi cominciamo a salire, incastrati nella pancia del palazzo.

Giorgio e io guardiamo con lo stesso grande interesse in due direzioni opposte, e lui gioca con il cinturino dell'orologio.

Il vano è rivestito in finto legno, con il pavimento di moquette e lo specchio tondo segnato ai lati da vecchie scritte ormai mezze cancellate. Il neon a forma di scodella è diventato un tappeto di moscerini morti.

Accarezzo con un dito il tentativo di incidere su una parete il nome di un ragazzo di cui mi ero infatuata a sedici anni, tentativo interrotto dall'apertura delle porte e da mio padre, che aspettava l'ascensore al piano.

La cabina, arrancando verso l'alto, sobbalza una, due, tre volte e poi si ferma. Non posso crederci, uno dei miei peggiori incubi si sta avverando. Il panico mi travolge all'improvviso.

Istintivamente afferro il braccio di Giorgio con entrambe le mani e comincio a stringere, trattenendo il respiro.

Il mio primo, animalesco pensiero va al Lexotan lasciato sul comodino.

«Tranquilla», mi rassicura lui. In questo spazio angusto sono molti, troppi i centimetri di pelle a contatto. Non siamo mai stati così vicini.

Comincio a fare una stima approssimativa di quando l'ossigeno finirà e noi soffocheremo, sempre che il cavo non decida di cedere prima.

Giorgio suona l'allarme.

Aspettiamo.

Il cuore accelera.

Nulla.

Giorgio suona l'allarme, un'altra volta.

L'attesa per me si è già fatta insopportabile.

Il cuore pompa come un toro prima della carica.

Ancora nulla.

Questo palazzo solitamente è un formicaio, con le scale percorse senza sosta da mandrie di ragazzini, tacchi di donne, bastoni di anziani. E dietro le porte degli appartamenti c'è sempre qualche orecchio teso a origliare, alla ricerca di qualche novità da raccogliere e poi divulgare. Eppure oggi niente, sono scomparsi tutti. Qualcuno deve aver premuto il pulsante che comanda il famoso arsenale nucleare: l'umanità è scomparsa e siamo rimasti solo io e

Giorgio, l'ultimo uomo e l'ultima donna sulla faccia della terra. Sto per fare pensieri impuri, nonostante il terrore, lo so, lo sento, arrivano...

Giorgio suona l'allarme per la terza volta.

Io invece do il mio contributo cominciando a gridare e battere i pugni contro le porte serrate.

«Ferma, non ti agitare», mi blocca lui. «Vedrai che tra poco si sblocca», scandisce piano, cercando di rassicurarmi.

«Siamo intrappolati, mi sento male!» sbraito io ormai in preda al panico. Inizio a sentire la pelle che si incolla sempre di più alle ossa. «Dove sono tutti?» gli urlo a un millimetro dalla faccia.

Giorgio mi guarda senza rispondere. Del resto è anche lui chiuso qui dentro, non può dare una risposta alla mia domanda.

«Ok, adesso chiamo tutti quelli che ho in rubrica.» Prendo il cellulare, ma nessuno mi risponde. Sembra una congiura. Provo con Giulia e anche il suo telefono suona a vuoto.

Guardo Giorgio e mi viene da piangere.

«Chiama qualcuno anche tu!» lo imploro. Sto per perdere il controllo.

«Ho lasciato il telefono a casa», mi risponde lui serafico. Io sono sull'orlo di una crisi di nervi e lui è rilassato, quasi divertito.

«Guardami, Michela. Non c'è nessun pericolo, fidati. Tra un po' qualcuno si accorgerà che siamo qui e ci tirerà fuori ma, intanto, stai calma, va bene?»

Anni e anni di esperienza come papà gli sono serviti per essere rassicurante, però io non voglio essere rassicurata: io voglio che ci tirino fuori da qui subito!

«Sì, ma dove sono finiti tutti?» insisto a chiedergli, come

se potesse rispondermi, pretendendo in effetti quell'infallibile competenza che ogni bambina si aspetta da suo padre.

«Non lo so, però qualcuno arriverà, stanne certa.» Poi guarda verso il sacchetto abbandonato ai miei piedi: «Tanto hai fatto la spesa, abbiamo da bere e da mangiare. Dai, siediti». Mi spinge a sedere per terra, tra la busta e la ruota della bicicletta.

«Tu continua a suonare però», gli faccio io.

Ricomincia a spingere il bottone, seguendo un ritmo che mi sembra familiare.

«Indovina che canzone è?»

«Cosa?»

«Dai!»

Suona di nuovo, ma ancora nessun soccorso in arrivo.

«*Under Pressure*...» E scoppia a ridere. «Mi sembra adatta alla situazione, non trovi?»

«Sei tutto scemo...» Sorrido, grata che non si sia messo a strimpellare *Love in an Elevator*. «Tra un po' mi scoppia il cervello per la tensione e tu ridi.»

«È fresca questa birra?»

«Ti è venuta un'altra idea geniale, vedo. Comunque, sì, è fresca, non compro mai birre calde!» Ritorno per un attimo in me.

«Dammi l'accendino.» Glielo passo e stappa la bottiglia.

«Cin cin.» Mi cede il primo sorso e si siede accanto a me, occupando con il suo corpo il poco spazio rimasto.

«Cin.» Gliela ripasso. «Tu sei proprio fuori.»

«Tu invece sei molto stabile e serena, per questo ti ho scelto come baby-sitter per mia figlia.»

«Mi ha scelto lei, tu ti sei solo dovuto adeguare.»

«Sì, ma intuivo del potenziale.»

Ridiamo, mi sento più rilassata, però non ancora fuori pericolo.

Il palazzo intorno a noi è sparito, il silenzio al suo posto è inquietante e poco reale.

«Prima o poi qualcuno avrà bisogno dell'ascensore», dice e mi ripassa la birra.

«Giorgio, non ti muovere troppo, siamo sospesi su un precipizio!»

«Mi piace davvero il modo in cui affronti serenamente le cose.»

«Non temere, quando io e tua figlia siamo insieme, non prendiamo mai l'ascensore, conosco i miei limiti.»

«Brava, un punto a tuo favore. E perché con me l'hai preso?»

«Perché la mamma mi ha sempre detto di prendere l'ascensore solo se sono insieme a un adulto.»

Si mette a ridere e io mi pento subito di aver nominato mia madre. Dev'essere molto ridicola per lui la mia situazione di quasi trentasettenne tornata a vivere con mamma e papà.

Ma forse sono solo io che proietto i miei pensieri sugli altri.

«Passa la birra, tanto non dobbiamo guidare.» È molto più simpatico rispetto alle premesse. «Be', siamo finalmente costretti a conoscerci meglio, non ti pare?»

Direi che ho dovuto fare cose meno piacevoli, anche se avrei preferito un altro contesto.

«Cominciamo con... che scuola hai fatto?» mi chiede.

«Classico, tu?»

«Scientifico, ma non ti ho mai visto in giro. Strano non esserci mai incontrati. Quanti anni hai?»

«Trentasei, quasi trentasette.»

«Ma sei una ragazzina! Io trentanove, quasi quaranta...» Mi fa un complimento e non è il primo, questa mattina. «E mi hai detto che sei tornata qui perché ti hanno licenziata, giusto?»

«Sì, licenziata e scaricata dal mio fidanzato nello stesso giorno!» Gli dico la verità, mi sento a mio agio nonostante la situazione.

«No!»

«Sì!»

«Chi è l'idiota?» Prende subito le mie parti.

«Alessandro Rossini.»

«Oh Dio, davvero? Non ci posso credere... E ti ha lasciato lui?»

«Già. Lo conosci?»

«È una città piccola... Sai come lo chiamavamo in compagnia?»

«Mammina?» lo anticipo.

«Vedo che non è cambiato!» dice ridendo apertamente.

«Esatto.» Rido anch'io.

Riesco anche a scherzarci su, è un buon segno? Non saprei, però mi piace vedere il povero Alessandro attraverso gli occhi brutali degli altri, diventa tutto così piccolo e ordinario, poco eroico. Gli occhi degli altri sono un buon metodo per giudicare le cose.

Adesso devo solo recuperare i miei di occhi e rimettere tutto in ordine.

«Ascensore, ascensore! Ma possibile che sia sempre occupato? Ascensoreee!» L'urlo provvidenziale delle sorelle Bruni ci riporta alla realtà e, finalmente, in qualche modo, fuori da quella trappola.

* * *

Una volta liberi, Giorgio mi invita nel suo appartamento per riprendere un po' il fiato. Va in cucina e mi versa qualcosa da bere.

«Tieni.» Mi passa un bicchiere, mentre controlla qualcosa sul cellulare che aveva, opportunamente, lasciato a casa.

«Grazie», gli dico riconoscente. Quei momenti di panico mi hanno lasciato un'arsura terribile.

«Ho temuto che ti venisse una crisi isterica, tipo *L'aereo più pazzo del mondo*.»

«Così ti saresti sentito autorizzato a prendermi a schiaffi?»

«Esatto. E una volta fuori dall'ascensore, anche le Bruni e tutti i condomini magicamente riapparsi, in fila ad aspettare il loro turno, avrebbero fatto altrettanto.» Il suono delle notifiche di WhatsApp lo richiama all'ordine, dà uno sguardo distratto e rimette il telefono sul tavolo.

«Bella immaginazione!» commento.

«Non sono l'unico, da quello che ho capito. Aurora mi ha detto che inventate sempre tante storie insieme.»

«Era il mio lavoro, fino a poco tempo fa, anche se le storie che inventavo servivano a vendere più detersivi.»

«Non ti piaceva il tuo lavoro?»

«No, al contrario, mi piaceva e ancora mi piace, ma non mi piacevano le persone con cui avevo a che fare e le cose che vendevamo. Alla fine non ne vedevo più il senso, avevo perso il gusto, mi serviva solo per avere uno stipendio.»

«Quindi se non t'avessero licenziata, te ne saresti comunque andata tu, presto o tardi?»

Mi blocco un attimo e lo guardo. Le sue parole mi fanno sobbalzare, non l'avevo mai vista così. Ha ragione: se Carona non mi avesse mandata via, forse me ne sarei andata comunque. E ha ragione anche Alessandro, ora che ci penso: lui ha avuto solo il gran culo di aver agito per primo, perché il suo destino era già scritto, lo avrei mollato io, prima o poi.

L'idea di aver vissuto per anni una vita che in realtà non volevo si sta insinuando tra i miei pensieri.

È stata solo una questione di tempi, mi hanno fregato su questo. Quando senti che qualcosa non gira più, inizia a correre, il tuo istinto non mente, svegliati e corri prima che il leone ti raggiunga o diventerai la sua colazione.

«Certe crisi sono soltanto il segno di qualcosa dentro che sta urlando per fuggire», diceva il maestro Guccini, e chi sono io per contraddirlo?

Io covavo questa crisi da tempo, non stavo bene già prima di Carona e Alessandro, non ero più in bolla con la vita.

Ho vissuto per anni accanto a persone tossiche che hanno fatto sistematico scempio delle mie energie e poi che cosa mi è rimasto? Soltanto un grande dolore.

Ho imparato a mie spese a vivere per sottrazione, ho eliminato persone e abitudini, cercando di diventare impalpabile, inesistente, per non fare lo sforzo di esistere, per evitare la fatica di esserci.

Ma adesso basta.

Adesso è tempo di riparare questa bicicletta!

«Tu lo sai come si ripara una ruota?» chiedo a Giorgio, un po' distratto dal suono dei messaggi del cellulare appoggiato sul tavolo.

Sarà qualche assistito particolarmente fastidioso? Ma i clienti e gli avvocati, poi, discutono dei loro affari tramite WhatsApp?

«In verità, pensavo di guardare un tutorial su YouTube.» Fa una smorfia divertita, mentre fa partire una playlist sul suo computer. «Musica da lavoro», mi dice, e inizia *Bitter Sweet Symphony*.

«Dai qua, fatti da parte, ti faccio vedere io come si fa!» Senza pensarci due volte, mi sposto verso il balcone, perfettamente a mio agio come fossi a casa mia.

Giorgio mi segue, sento il suo sorriso dietro le scapole. Ora ci accompagna una versione con un suono sporco e bellissimo di *Sound of Silence*, cantata da Leonard Cohen, una specie di poesia sputata fuori a denti stretti.

Il balcone di questa casa è una replica in stile socialismo reale di quello di casa dei miei: spoglio, brullo, vuoto, con pezzi di oggetti non identificabili addossati alle pareti.

Da un lato, l'hula hoop di Aurora, dall'altro i suoi pattini, nel mezzo i cocci di due vite intere.

«Hai l'occorrente?» lo interrogo con una punta di spocchia.

«Mastice, toppe, carta vetrata, aggeggio per tirare fuori la camera d'aria...» Ha studiato bene la lezione.

«Ho bisogno anche di una bacinella piena d'acqua», gli dico.

«Una bacinella piena d'acqua e panni puliti, come se dovessimo curare una ferita d'arma da fuoco del selvaggio West?» scherza Giorgio.

«Sì, e anche un ferro rovente per cauterizzare e del whisky per anestetizzare.»

Comincio a estrarre la camera d'aria dal copertone, mentre Giorgio torna con la bacinella.

«Dove hai imparato?» mi chiede quando l'affondo nell'acqua per scoprire dove sia il buco. Si siede anche lui per terra, dall'altra parte della bacinella.

Tutto questo mentre, in sottofondo, continuano a trillare le notifiche di WhatsApp. Giorgio ha una chat molto movimentata, sarà il magico gruppo *La meravigliosa IV A*?

«Me l'ha insegnato mio nonno, da piccola. D'estate andavamo sempre in giro per le campagne in bicicletta, per raccogliere le more e delle erbe con un piumino in punta con cui facevamo le collane. Capitava spesso di prendere spine o sassetti aguzzi e allora lui riparava la ruota. Io mi sedevo a guardarlo, lo avrei fatto per ore. Aveva le mani magrissime e piene di vene e di macchie, e mi spiegava come fare...»

«Mio nonno mi ha insegnato a guidare la macchina», mi confessa lui con un sorriso tra il divertito e il nostalgico, «e anche tante parolacce meravigliose, indispensabili se vuoi farlo in modo corretto, oltre che fondamentali per rendere la guida un'esperienza elettrizzante. Le parolacce poi, come se fossero il mio tesoro, le insegnavo ai miei amici in cambio di figurine o cibo. Fino a quando mia madre non mi ha scoperto, su soffiata di un comitato di mamme che voleva la mia testa, e ha messo in punizione sia me sia il nonno. Che ridere, se ci penso... Ti va una birra? Non sei in servizio e non devi guidare per tornare a casa.»

«Ma ne abbiamo già bevuta una in ascensore!» obbietto fingendo di scandalizzarmi.

«Noiosa...» Si alza per andare verso la cucina.

In effetti oggi Aurora non è affare né mio né suo, perché gli ha chiesto il permesso di tornare da scuola da sola con la sua compagna di banco, Gaia. Comincia a sentirsi grande, la ragazzina. Poi, recuperate le sue cose, andranno insieme a casa dell'amica, dove si fermerà a dormire questa notte.

Lei cresce e io, per questo motivo, perderò di nuovo il lavoro, anche se non ho in programma di fare la baby-sitter per sempre. E comunque, a dirla tutta, ora come ora non ho neanche un programma.

Giorgio torna con la birra già stappata e l'appoggia per terra.

«Mi raccomando, nessuno deve sapere che beviamo al mattino, perderei tutti i clienti. Qui le voci corrono velocissime!» Brindiamo rumorosamente.

«Il paese è piccolo e la gente mormora, no? Ti piaceva stare qui, da ragazzo?» chiedo prendendo un sorso di birra.

«Non particolarmente, e a te?»

«Per nulla. Sono scappata appena ho potuto, per poi ritornare prima di quanto avessi programmato. Non pensavo sarebbe accaduto così presto, anche se sapevo che non avrei passato tutta la vita a Milano. E sai perché?»

«No.»

«Perché mi angosciava vedere le persone anziane da sole, al supermercato, al parco... Mi si accartocciava proprio il cuore.»

Mi sorride. «Sì, qui hai il problema contrario: sei sempre in compagnia, anche quando vorresti stare per i fatti tuoi.» I suoi occhi si perdono dietro qualcosa, si assenta per un momento, rifugiandosi chissà dove.

«A volte penso che questo posto sia una prigione sovraffollata e non vedo possibilità di fuga», gli dico.

«L'ascensore ti ha mandato in crisi esistenziale?» Ride.

«No, quella c'è già da un po'.» Rido anch'io. «Qui ci arrivi quando hai le ossa rotte per tirare un po' il fiato, per raccogliere qualche abbraccio e poi, all'improvviso, ti si spegne l'orizzonte. Io lo penso in continuazione.»

«Sì, è una bella panchina imbottita di piume d'oca e foderata di velluto.»

«Giusto, giustissimo, non avrei saputo dirlo meglio! Una panchina di velluto: ti ci siedi e non ti rialzi più.»

«Sì, più o meno. Sai, con Sabrina avevamo dubbi su tutto, però di una cosa eravamo certi: qui non saremmo mai venuti a vivere. E invece...» Tace e sentirgli pronunciare per la prima volta il nome della moglie mi mette in subbuglio la pancia.

Indugia un attimo. Non so se dire qualcosa io, adesso, ma riprende a parlare lui.

«Io e lei ci siamo conosciuti a Bologna, studiava Scienze Politiche. Era di Budrio. Ci abbiamo messo due secondi a innamorarci, nella sala studio occupata dove ci vedevamo sempre. Poi abbiamo fatto tutto quello che c'era da fare: il matrimonio, Aurora... L'unica cosa non prevista era che lei morisse così... Ci ha messo pochissimo ad andare via.» Guarda oltre la mia spalla.

Rimango in silenzio. E del resto che cosa si può dire di fronte a tutto ciò? Sicuramente non frasi come «Immagino, posso capire», perché non immagino e non posso capire dato che quel dolore non è il mio. Un dolore lo senti davvero solo quando è nelle tue carni, soprattutto quando si tratta di una tragedia del genere, una perdita che ti fa urlare contro Dio e poi ti lascia a terra, senza forze, con una bambina di due anni da tenere in vita quando tutto, fuori e dentro di te, è morto.

Mi asciugo una goccia di sudore che mi scivola lungo la guancia. Lui mi sorride. Mi sembra meno paterno questa volta, più uomo e basta, solo un uomo di fronte a una donna.

«Ti sei sporcata, ferma.»

Si avvicina a me, passandomi una mano sulla guancia, ma questo gesto inaspettato mi spiazza e io con uno scatto improvviso mi scanso. Mi sbilancio troppo indietro e finisco per tirare un calcio alla bacinella e rovesciarla su di lui.

«Oddio, scusami...» strillo imbarazzatissima.

Giorgio, con i pantaloni fradici, scoppia a ridere, mentre l'acqua scivola giù dal balcone, cadendo a cascata in cortile, e ogni goccia sembra farsi beffe di me.

Non sapendo bene che cosa fare, comincio a ridere anch'io. La risata di Giorgio è piena e contagiosa e mai l'avevo visto tanto divertito. Rimaniamo così, piegati in due, senza parlare e a tratti in apnea, per non so quanto tempo.

«Fate il bagnetto?» Che cosa ci fa la voce di Giulia a casa di Giorgio?

«Ciao!» Anche Aurora irrompe sulla scena con Giulia e Gaia, sorprendendoci sul balcone, con la faccia rigata di lacrime dal tanto ridere.

«Che ci fai qui?» chiedo a mia cugina, tirando su con il naso, con le guance indolenzite per lo sforzo.

«Le ho trovate giù e ho pensato di riportarle a casa. E poi sapevo che eri qui, dato che vi si sente già dalla piazzetta. Cos'è successo?...»

«Niente, un piccolo incidente», le risponde Giorgio ridendo ancora e aiutandomi ad alzarmi.

Aurora ci si para davanti, valutando le conseguenze del «piccolo incidente», ma l'interesse per la questione dura un attimo. «Giulia è fortissima! Mi ha raccontato un sacco di cose buffe che facevi quando avevi la mia età. Ma perché mangiavi il sapone?» mi chiede la piccoletta senza nessun pudore.

«Giulia!» urlo, promettendole vendetta con lo sguardo.

«Mi hai cercato?» mi domanda, con la faccia appiccicata allo schermo del telefono, lasciando cadere nel vuoto le mie rimostranze.

«L'hai capito dalle centomila chiamate a cui non hai risposto? Era urgente!» le dico, rimandando a dopo il racconto sull'ascensore.

«Lo sai bene che, quando si tratta di cose importanti, non puoi contare su di me.» Mi liquida così.

Giorgio rientra in casa e noi lo seguiamo. «Scusa l'abbigliamento», dice a Giulia, ancora ridendo sotto i baffi.

«Figurati, ho visto di peggio.» Si aggiusta sul naso gli occhiali da sole e, con la rapidità del serpente a sonagli, fa una mossa delle sue: «Esci con noi, stasera?» La solita mina vagante.

Mi volto di scatto a guardarla ma in realtà questa volta la sua insolenza, non so perché, mi è piaciuta.

«Sarebbe bello, grazie, però purtroppo ho un impegno per questa sera», si scusa, abbassando gli occhi e prendendo il telefonino dal tavolo.

C'è qualcosa che mi disturba, ma non comprendo bene che cosa: non so se il suo rifiuto o il fatto che il suo WhatsApp continui a sputare notifiche.

Un po' troppe.

Quaderno dei ricordi di Aurora Ciancio

Mio padre e Michela sul balcone a sistemare la mia bici?

Anzi, Michela che sistema la mia bici, papà non è capace!

Mi è piaciuto, è un bel ricordo, lo segno.

Giulia mi ha raccontato un sacco di cose superisceme che Michela faceva quando aveva la mia età. Combinava un sacco di pasticci, io e Gaia ci siamo divertite tanto ad ascoltarla.

Pensavo che Giulia fosse più antipatica, invece è solo tutta stramba.

Gaia è la mia amica più simpatica e la sua mamma non mi guarda mai con gli occhi con cui mi guardano le altre. Stasera dormirò a casa sua, guarderemo «Animali fantastici e dove trovarli» e potremo stare sveglie fino alle dieci.

Ma, soprattutto, prima mangeremo la pizza con tutto quello che vogliamo, ce l'hanno promesso: io penso che prenderò quella con le patatine fritte; pizza e patatine fritte, le cose più buone nell'universo.

A papà piace la pizza con delle cose superdisgustose, tipo il salamino piccante, le acciughe, il gorgonzola. Poi mangia queste cose e la notte muore di sete, me l'ha detto lui, e deve alzarsi cento volte per bere.

Io, da quando mi ha spiegato questa cosa, gli faccio sempre trovare una bottiglia d'acqua sul comodino, così non deve alzarsi e ci mette di meno a riaddormentarsi.

Ma non è questa la cosa più importante. Domani io e te avremo da fare, sarà una giornata impegnativa.

Ho un piano supersegreto anche questa volta.

Domani sarà il nostro grande giorno.

Siamo pronti.

Capitolo venti

Non vorrei unirmi al coro di chi dice che in provincia non c'è mai nulla da fare, però sono costretta a formulare un pensiero simile, con una variante: a Piccola Città, se esci con Giulia, fai sempre la solita cosa, ossia vai in giro per locali per bere, per vedere chi c'è ma, soprattutto, per farsi vedere da chi c'è.

La mia popolare ed emancipata cuginetta è anche lei, in fin dei conti, un frutto maturo di questo sottobosco.

«Che palle, non c'è mai niente da fare...» In genere, esordisce così però, come una residente di Westworld, sembra condannata a ripetersi eternamente in una serie di gesti codificati da entità supreme e impalpabili: la noia e l'abitudine, le Erinni della vitalità.

«Che facciamo stasera?» è la domanda che prevede come risposta vestirsi bene, darsi una mano di belletto e trasformare almeno venti euro dei propri risparmi in ricordi fumosi e barcollanti per il troppo alcol.

Stasera non è diversa dalle altre sere.

«Forse, ho voglia di sposarmi di nuovo, Michela.»

«Di nuovo? Con chi?»

«E che ne so. Con qualcuno.»

«E rinunci ai beni di quel fesso del tuo ex marito?»

«Per chi mi hai preso, scusa? Chiaramente il mio prossimo marito sarà ancora più ricco.»

«Certo, hai ragione, ti avevo sottovalutata.»

«Mi annoio, Michela. Anche tu e la tua nuova famiglia avete esaurito la vostra carica di novità, siete una cosa vecchia e stravecchia ormai! Devo trovare un nuovo obiettivo, un nuovo essere umano da demolire, qualcosa in cui non credere. Mi annoio, e quando mi annoio comincio a diventare cattiva.»

«Sei davvero una bellissima persona, Giulia.»

«Lo so, Michela, lo so.»

Cammino accanto a lei, lasciandomi guidare senza prendere alcuna decisione.

A ogni passo c'è qualcuno di cui non ti frega nulla da salutare cordialmente: «Come va? Tutto bene?» Ma chi se ne importa!

«O forse mi potrei trovare un lavoro? O prendere un cane? Una cosa come quella che fai tu e che mette insieme le due cose?»

«Credo sia inutile farti notare che Aurora non è un cane e non ha bisogno di me per fare i suoi bisogni, non mangia dalla ciotola, non perde il pelo, non ha le pulci...»

«Se continua ad averti come baby-sitter, sarebbe uno scenario possibile, ci sono grosse probabilità di involuzione, standoti accanto.»

«Quanto sei stupida.» Le do una gomitata, ridendo.

«Toh, guarda un po' chi c'è lì!» Inchioda in mezzo alla strada, folgorata da una qualche visione. «Noooo, con la Delli Carri, la donna che al posto dei pensieri ha solo lo stato di Facebook.»

Mi giro e il mio cervello registra un'informazione: al tavolo di un locale ci sono Giorgio e Federica Delli Carri, la mamma indagatrice che ho conosciuto durante la gita a Matera.

Non ci ha messo tanto ad accalappiarselo e, soprattutto, lui si è lasciato accalappiare in fretta!

«Hai capito il vedovello», commenta Giulia.

Nella mia mente si affastellano una serie di pensieri isterici che non riescono a trovare una loro via, non vanno da nessuna parte, si limitano a spingersi l'un l'altro.

Giorgio, Federica, Aurora, la figlia di Federica, la chat delle mamme, la leadership carismatica di Federica, l'interrogatorio di Federica, i continui WhatsApp che arrivavano a Giorgio mentre riparavo la bici di sua figlia, mentre mi puliva la faccia, mentre gli rovesciavo addosso l'acqua della bacinella.

Era questo il suo impegno di stasera: la biondissima e inarrivabile Federica Delli Carri.

Uno strano, inspiegabile disagio comincia a pompare dentro il mio sterno, i pensieri isterici si mettono a squillare tutti insieme.

Giorgio e Federica sono seduti nel dehors della vineria, tra loro una botte di legno usata come tavolino e, sospetto, molte cattive intenzioni.

Ridono e bevono vino bianco. Lei è più bionda e vaporosa del solito, con delle tette molto aggressive che deve aver indossato giusto per l'occasione, puntellate da una corazza di pizzo che si intravede attraverso la camicetta sbottonata a regola d'arte.

Si capisce molto bene dove voglia arrivare.

Giorgio ha parcheggiato la figlia, ha congedato la baby-sitter e adesso sta piacevolmente godendo di tutta la sua libertà.

Sono pensieri orribili, lo so, ma non riesco a fermarli.

«Ehi cugina, tutto bene?» Giulia mi ha isolato tra la folla della sera che ha occupato militarmente l'intera strada. Siamo in una posizione strategica, tra due fioriere addossate a un muro, e da qui possiamo vedere senza essere viste.

Giulia mi guarda in faccia e mi chiede tra il divertito e il preoccupato: «Cos'hai? Sei gelosa?»

«Gelosa? Sei matta? Di Giorgio?»

«Perché ho la sensazione che qui qualcuno non mi ascolti quando parlo? Cosa ti avevo detto sul vedovello?»

«Giulia, sono solo sorpresa, non mi aveva detto che si vedesse con qualcuna.»

«Ah, perché, avrebbe dovuto avvertirti? Ti occupi anche di lui oltre che di sua figlia?»

«No, solo che siamo stati tutta la mattina insieme, siamo anche rimasti chiusi in ascensore...»

«Tu e lui in ascensore?»

«Per questo ti ho chiamato tante volte. Non c'era nessuno ad aiutarci.»

«Continua.»

«Sì, poi ho riparato la bici di Aurora, lui mi ha pulito la faccia, io gli ho rovesciato l'acqua addosso, poi siete arrivate voi...»

Mi guarda e il suo silenzio è carico di «te l'avevo detto».

E infatti: «Te l'avevo detto...» Giulia non riesce a trattenersi.

«Ma se già sai come sono andate le cose perché me lo chiedi? Sei sempre la solita!» Mi spazientisco e cominciamo a litigare come d'abitudine, perdendo il controllo dei nostri decibel.

«Michela!»

Non ci siamo neanche rese conto che, trasportate altrove dalla foga delle parole, abbiamo abbandonato il nostro nascondiglio e siamo uscite allo scoperto.

Così in bella vista che la Delli Carri ora mi sta chiamando, facendomi cenno di avvicinarmi.

«Ci avranno sentite?» sussurro a Giulia, mentre la mia bocca si spalanca nel sorriso più falso che si possa mettere in scena.

Guardo per un attimo Giorgio con gli occhi bassi sull'ultimo sorso di vino nel bicchiere.

«Ciao, come stai?» Federica, radiosa, mi bacia sulle guance.

«Ciao, bene e tu? Ciao Giorgio...» li saluto a mia volta.

Lui mi sorride svuotando il bicchiere e saluta Giulia con un cenno.

«Stavo giusto raccontando a Giorgio di Matera, di quanto siamo stati bene. La prossima volta tu potrai rimanere a casa perché verrà lui, vero?» gli chiede dando per scontata la risposta. Gli stringe il braccio sorridendo.

Mi sento infastidita.

Questa sera si è travestita da signora sofisticata, profumata con garbo, pochi gioielli e le labbra di un rosso rassicurante. È materna, solida e stabile, una cui aggrapparsi per risalire la china.

«Michela, ci stanno aspettando», mi alza la palla Giulia.

«Sì, è vero, dobbiamo andare. È stato un piacere, Federica. A domani, Giorgio!» schiaccio.

Sono così professionale e distaccata e convincente che potrei stringere la mano a entrambi e vendergli un'aspirapolvere o l'abbonamento a un'enciclopedia.

«Portami a bere», dico a Giulia, quando siamo finalmente lontano dalla coppietta.

«È da un po' che cerco di farlo.»

«Michela, bel nome.»

«Anche il tuo non è male.»

«Il nome del nonno, era destino, non potevo sfuggire.»

Peccato che non abbia assolutamente idea di come si chiami il tipo che mi ha inchiodato al bancone di questo locale. Me l'ero dimenticato già mentre si presentava, però è carino, molto carino. E giovane. Barbetta e orecchino, occhi da figlio di buona donna...

Sto celebrando il rito della catarsi alcolica, infilata dentro l'ennesimo bar; mi sento leggera, disinibita, senza pensieri, mi sento la versione piacevole di me stessa, l'amica che vorrei avere e che anche gli altri vorrebbero.

Mi sento una piumetta, libera e felice, e questo ragazzo davanti a me pare determinato a trasformarmi nel suo trofeo della serata.

Mi sento quasi perfetta, anche se barcollo un po'.

Al diavolo Alessandro, Giorgio, il lavoro, Giulia che è finita chissà dove.

Ci sono io, soltanto io e questo tipo che cerca di mettermi la lingua in bocca.

Basta storie, basta pensieri. D'ora in poi mi congelo i sentimenti, non voglio più sentire niente, castrazione emotiva totale: l'indifferenza è il sentimento del futuro, l'unica cosa che mi concederò di provare.

Ho cercato per tutta la vita di essere la risposta perfetta alle domande degli altri, ma adesso basta, le regole cambiano, visto che sarò costretta a convivere con me stessa per tutta la vita.

Non vi sono mai bastata?

Alessandro, Carona, Giorgio, siete voi che non bastate a me. Sono stufa di vivere le vite degli altri, stufa di vivere le vostre vite.

Non cercherò di far stare bene nessuno se non me stessa.

Le mani dell'uomo senza nome, pericolosamente vicine al mio fondoschiena, mi rendono più viva di quanto sia stata negli ultimi mesi: qualcuno mi desidera e questo mi fa sentire divina.

«Com'è che non ti ho mai visto in giro?» Lo sconosciuto mi soffia il suo alito alcolico nell'orecchio.

«Sono stata un po' in panchina, ultimamente.»

«Mi sono trovato al momento giusto e al posto giusto, quindi?»

«E con la persona giusta», sibilo con un mezzo sorriso da intera gatta morta.

Mi sento così nella parte, così credibile che sembra non abbia mai fatto altro nella vita che sedurre giovani uomini.

Voglio stare bene e fregarmene, ecco che cosa voglio.

Voglio interrompere la mia relazione con il Lexotan, voglio essere l'unica sostanza psicotropa della mia vita ma, adesso, giovane sconosciuto senza nome, beviamo un altro rum e, poi, sì, portami a fare l'amore, se è questo che vuoi.

Mi sento sempre più instabile, il tipo mi prende al volo mentre sto per franare addosso a un'ombra che mi passa accanto, facendomi perdere l'equilibrio.

Mi metto a ridere e lui mi abbraccia ancora più stretta.

Il rumore di fondo, il vociare, la musica, le luci, il caldo, la ressa si stanno dilatando nella mia testa e il mio accompagnatore non mi molla un attimo.

«Portami via di qui», gli chiedo, alla fine.

In un attimo siamo fuori, io schiacciata contro un qualunque muro di un qualunque palazzo del centro storico, con addosso questo ragazzo fino a due ore fa inesistente, con cui ora sto scambiandomi l'anima a furia di baci.

Mi aggrappo alla sua bocca per non perdere l'equilibrio, tanto ormai sono qui.

Tanto, in questo stato, in questi casi, una bocca vale l'altra.

Sento la pressione del suo corpo contro il mio, il respiro sempre più pazzo, pronto a scoppiare.

«Portami a casa tua», riesco a dire quando mi libera per un attimo la bocca.

«Non posso, vivo con i miei», ansima lui.

Eccone un altro.

Mi viene un po' da ridere.

«Hai la macchina?» Sono una donna pratica io.

«Sì, qui vicino...»

«Bene.»

Ci ritroviamo nella sua station wagon, lanciati verso la periferia della città, con l'urgenza di continuare a metterci le mani addosso.

Lo stereo è rotto, ma lui decide di immolare sull'altare del nostro amplesso i giga del suo abbonamento telefonico.

Una playlist di Elliott Smith su YouTube ci accompagna verso questo peccatuccio da fast food. Vorrei dirgli che non occorre che mi impressioni con questa scelta musicale gourmet: tutto il rum che ho bevuto ha già deciso che sarò sua.

Sembra molto sicuro, sa perfettamente dove andare,

deve avere un'alcova *en plein air* già rodata, visto che, come me, ogni mattina fa colazione con i suoi genitori.

Si ferma a ridosso del muro di cinta di un capannone e con un unico gesto reclina il mio sedile e mi toglie le mutandine, praticamente l'Houdini dei preliminari.

Sbatto forte le ginocchia contro il cruscotto e il gomito contro lo sportello. Non devo pensare a niente, altrimenti qui niente funzionerà.

L'orgasmo femminile dovrebbe essere proclamato patrimonio dell'Umanità, tanto è stupefacente e raro.

Al di là della sovente contestata e contestabile inettitudine maschile, quella fretta di finire, quella totale incapacità di ascoltare, quel considerare secondario tutto ciò che non riguardi il loro pene, fino ad arrivare ad aberrazioni come quella di un mio ex fidanzato che mi accusava di avere un rapporto malato con il sesso perché reclamavo il mio orgasmo dopo il suo, ci siamo anche noi che pensiamo troppo: sono troppo grassa? Mi si vede la pancia? Sono depilata bene? Ho un buon odore?

Durante incontri parecchio sgraziati e disperati mi è capitato di pensare a quando, a dieci anni, scrissi il mio primo biglietto d'amore a Marco che aveva già l'orecchino e gli occhi verdi, e lui pensò bene di avvertire tutti i suoi compagni di classe che, a ricreazione, si misero in fila davanti alla porta della mia classe per ridere di me.

Oppure a Gabriele, a tredici anni, che mi disse che non se la sentiva di impegnarsi e, una volta partito in vacanza, mi spedì una cartolina in cui mi scriveva: *Spero che tu hai capito il motivo perché ti ho lasciata*, e io provai un dolore più tagliente per la carneficina di congiuntivi che non per il fatto che anche il postino, qualche giorno dopo, mi chiedesse se ne avessi capito il motivo.

Adesso sto pensando a tutte queste cose insieme, in questa macchina che cigola, animata dai nostri corpi, fredda anche se è quasi estate.

Il mio cavaliere a scadenza continua a spingere e sbuffare, invocando il mio nome come se dovessi fargli qualche grazia.

Io, invece, muta.

Sento dei cani abbaiare poco lontano, e se questo continua ad agitarsi così mi ritorneranno su la cena e l'alcol, per cui adesso mi devo anche concentrare a non vomitargli addosso.

«Michela, Michela, Michela...»

Sì, tesoro, lo so da quasi trentasette anni come mi chiamo.

«Michela, Michela, Michela...»

Il ritornello di *(All long the) Watchtower*, nella versione di Devlin irrompe nel suo piacere solitario.

Sono le quattro del mattino e sono ubriaca marcia, ancora una volta, sotto casa dei miei.

«Mi dai il tuo numero?» mi chiede lo sconosciuto mentre armeggio con cintura e maniglia della portiera.

Controllo mentalmente di avere tutti i vestiti al loro posto e poi gli do il numero di Giulia.

Così impara a lasciarmi sola.

L'uomo senza nome riparte sgommando e io alzo subito gli occhi verso la finestra dei miei, riflesso condizionato da quando, adolescente, tornavo tardi e con il cuore in gola scoprivo mia madre appostata dietro le tende, sollevata di vedermi ancora in vita, però ben decisa a farmela pagare con una punizione epica.

Adesso mia madre non mi aspetta più alla finestra,

ma per il resto tutto è ritornato come quando ero adolescente.

Ficco tutte e due le mani nella borsa cercando le chiavi, ma mi sbilancio e cado in avanti.

Riesco a puntellarmi con una mano sul portone evitando almeno di cadere di faccia.

Respiro di diaframma, per cercare di domare quell'onda acida che mi sta per sfondare la bocca dello stomaco.

È tutto silenzioso, a parte questi maledetti grilli che con il loro verso mi stanno grattando il cervello.

Respiro, respiro ancora, tutta accartocciata su me stessa, con una mano nella borsa e l'altra sul portone per non cadere per terra.

Dove sono le chiavi, dove?!

Un altro tentativo, sento una massa indistinta di cose intorno alla mano, ma niente che possa aiutarmi a entrare in casa.

Respiro, respiro, ma una botta fortissima direttamente dalle viscere mi fa tirare fuori tutta la serata appena trascorsa.

«Michela, tranquilla, ci sono io...» Tra i conati, sento una mano che mi regge la fronte e un corpo che mi abbraccia da dietro.

È Giorgio, l'ultima cosa che io ricordi.

Capitolo ventuno

Le prime cose che vedo, appena apro gli occhi, sono una tazza di caffè e una bustina di analgesico.

«Penso che ne avrai bisogno», mi dice qualcuno.

In un momento capisco di trovarmi a casa di Giorgio e Aurora, è mattina e indosso soltanto una maglietta che non è mia.

Particolare ancora più preoccupante: sono nel letto del padrone di casa.

Mi metto a sedere di scatto e mi gira tutto.

«Io... io... Giorgio...» Non ho neanche il coraggio di guardarlo.

«Aspetta, zitta, bevi il caffè, prendi l'analgesico e poi ti racconto la parte in cui c'ero anch'io.»

Si siede ai piedi del letto, quasi in punta, distante ma presentissimo.

È una scena tutta sbagliata quella che stiamo vivendo, una scena priva di senso, folle, eppure con un suo fondo di bellezza.

La foto di Sabrina abbraccia tutto come l'occhio di una macchina da presa.

«Non te la faccio lunga, anche perché non c'è molto da dire. Tranquilla, se te lo stai chiedendo, non abbiamo dormito insieme, sono stato sul divano.» Sembra seccato, rigido nella postura, pietrificato in un disappunto che – lo sento – sta per travolgermi.

«Eri disgustosamente ubriaca, sei scesa da una cazzo di macchina di non so chi, ti sei accasciata e hai cominciato a vomitare, esattamente come la più stupida delle ragazzine. Io rientravo per caso in quel momento e ti ho aiutato.»

Mi tiro giù le maniche della maglietta sulle braccia, ho un po' di brividi ma, fortunatamente, i postumi della sbronza hanno deciso di collaborare e di avere pietà di me, non manifestandosi in maniera violenta.

«Giorgio, io...» provo a giustificarmi.

«Non ho finito», mi blocca senza appello e continua: «Avrebbe potuto vederti chiunque, tralasciando poi quello che è successo prima, che preferisco non sapere».

«Ok, ma...» cerco di replicare.

«Ok niente. Ho evitato di portarti dai tuoi genitori per risparmiare loro quello spettacolo imbarazzante. Lo stai interpretando benissimo, il ruolo dell'adolescente, brava!»

«Ok, Giorgio, grazie per avermi salvato, ma non puoi parlarmi così», reagisco. Mi sta bene tutto, però non mi va che mi tratti come una bambina scema. «Ti chiedo scusa per il disturbo, sono mortificata, ma sono abbastanza adulta da potermi sbronzare senza che qualcuno mi sgridi!»

«Infatti non ti sto sgridando, ti sto solo dicendo che è ridicolo continuare a comportarsi così a quarant'anni!»

«Questo atteggiamento riservalo a tua figlia, non a me!»

«Brava, infatti anche Aurora è parte del problema. Tu

ti prendi cura di lei, sta con te quando io non ci sono. Non posso avere dubbi su di te!»

«Giorgio, stai esagerando. Che dubbi devi avere se un sabato sera ho alzato un po' il gomito? Che ne sai tu? Non eri con me!» Lo dico urlando, con una rabbia incontenibile perché mi viene in mente l'immagine bionda di Federica.

«No, eri con quel tipo che ti ha riaccompagnato a casa ed è ripartito senza assicurarsi se stessi bene o meno. Bella gente che frequenti!»

«E tu eri con quella cretina della Delli Carri!» gli grido balzando giù dal letto senza pensare che sono in mutande.

Giorgio distoglie subito lo sguardo gettandolo fuori dalla finestra, oltre le mie spalle.

Cerco i miei vestiti. «Sono lì», mi dice lui indicandomi un mucchietto scuro su una sedia.

Mi infilo svelta la gonna e rimango in piedi al centro della stanza, calpestandomi un piede con l'altro per l'imbarazzo.

Giorgio recupera la calma e mi guarda, scuotendo la testa. I suoi occhi sono cambiati, più dolci, quasi rassegnati. «Michela, io... noi abbiamo un problema, è evidente. Scusami, ma c'è dell'altro, credo...»

«Dell'altro?» gli rispondo sarcastica. Non ho nessuna intenzione di seppellire l'ascia di guerra.

Lui rimane a guardarmi in silenzio, mi sembra che lo faccia per delle ore. Poi si avvicina e mi bacia.

Sa di caffè, non sentivo questo buon odore di risveglio da troppo tempo.

Vestita solo di pelle d'oca, questa volta non ho neanche il tempo di pensare e lo lascio fare.

La testa non c'è, esiste solo il corpo, la pelle e, in un

attimo, vengo avvitata da un piacere tale da dovermi aggrappare forte a Giorgio per non perdermi.

Ci guardiamo smarriti, la cosa ha sorpreso entrambi. Non sappiamo come muoverci, ci guardiamo quasi a rassicurarci, «va tutto bene, tutto ok, non è successo niente», a cercare nell'altro la conferma che non abbiamo fatto nulla di sbagliato, che nessuno si farà male, che nessuno soffrirà di nuovo.

«Va tutto bene, tutto ok, non è successo niente.»

Ma qualcosa è successo.

Siamo così vulnerabili ed esposti che già cerchiamo un luogo dove nasconderci in caso di pericolo.

«Adesso dovresti andare, non voglio che Aurora ci veda insieme.»

È Aurora il suo nascondiglio.

Sul pianerottolo, cerco nella borsa prima le sigarette e poi le chiavi, le stesse chiavi che questa notte mi hanno tradito nascondendosi chissà dove.

Aspiro un lungo, ipnotico tiro e giro la chiave nella toppa.

Questa volta mia madre mi sta aspettando davvero. Non faccio in tempo a entrare che muove all'assalto: «Non mi interessa dove sei stata e cos'hai fatto, ma pretendo che tu mi avverta se non torni a dormire o, quanto meno, che tu risponda al telefono».

Non mi concede alcuna replica, aggiunge solo: «Ed è l'ultima volta che ti dico che in casa non si fuma».

Se ne va sbattendo la porta.

Come dire, severa ma giusta.

Abbastanza mortificata per la ramanzina, vado sul balcone con l'intenzione di farmi fuori l'intero pacchetto da venti.

Ho bisogno di pensare.

Devo pensare.

Mi siedo.

Che cosa devo fare adesso?

Mi devo licenziare o ci penserà lui?

Ma, soprattutto, perché è successo?

Sta per implodermi il cervello, perché sento che sta arrivando il lungo, doloroso, straziante momento delle domande a cui mi rispondo da sola, scollegandomi totalmente dalla realtà.

Accendo la seconda sigaretta.

«Posso?» Questa volta è la voce di mio padre a risparmiarmi, per il momento, un sanguinoso flusso di coscienza.

Posa due bicchieri di tè freddo e un piatto di biscotti sul tavolino.

«Dovresti anche mangiare oltre che fumare...» dice, sedendosi accanto a me. «Me ne offri una?»

«Papà, tu fumi?!» gli chiedo scioccata.

«Ogni tanto, quando devo pensare, e comunque sempre di nascosto da tua madre e Onorina.»

Ci mettiamo a ridere, solidali nel nostro ruolo di vittime.

Si concentra sul fumo della sigaretta e poi attacca subito: «Noi parliamo poco. I padri parlano sempre troppo poco con i propri figli, anche tuo nonno era così: pochissime parole, pochissimi gesti, lunghe assenze anche quando era in casa. Usiamo la bocca e i gesti delle vostre madri per rimanere in contatto con voi». Tira una boccata. «Come stai, Michela?»

«Non lo so, non riesco ancora a capire, mi sento a metà, lenta, mancante...»

«È un'età terribile, la conosco, sai? Altro che adolescenza! Lì neanche sai cosa significhi sbagliare, a quarant'anni invece senti che ogni errore sarà definitivo, tombale. C'è ancora tempo per vivere per sempre con quell'errore, però non abbastanza per recuperare. Poi a cinquant'anni ti maledici perché, in realtà, dieci anni prima avresti fatto ancora in tempo a raddrizzare la tua vita, e così a sessanta, settanta... Finché c'è vita, c'è rimpianto e recriminazione.» Ride, investito da chissà quale ricordo: «Ogni età ha i suoi errori e le sue possibilità, è sempre tempo di sbagliare, ma è sempre tempo di andare avanti. Però bisogna rischiare qualcosa, amore mio. Hai presente la canzone di De Gregori, *Caterina*? 'Devi rischiare la notte, il vino e la malinconia, la solitudine e le valigie di un amore che vola via...'»

Lo guardo, però non ha ancora finito: «Lo devi mollare, questo paracadute, perché è vero che ti impedisce di cadere, ma ti impedisce anche di volare».

Schiaccia la sigaretta nel posacenere e si piega in avanti, appoggiandosi con le mani sulle ginocchia, annuisce tra sé e sé. Non so bene che cosa rispondergli e, vedendomi silenziosa, continua: «Probabilmente tua madre e io ci sentiamo in colpa per quello che ti è successo e non riusciamo a prendere la decisione giusta con te. E sai qual è l'unica decisione giusta? Farti andare via da qui! Perché ricominceresti a vestire gli abiti di una persona adulta, ricominceresti a badare a te stessa, a prenderti le tue responsabilità. Non facciamo il tuo bene se ti permettiamo di restare qui, per cui entro settembre dovrai trovare un posto tuo in cui vivere». Mi dice tutto senza guardarmi negli occhi, assorto nella contemplazione della punta delle sue scarpe.

Mi chiedo quale parte marcia e insensata del DNA dei miei io abbia ereditato.

Mia madre ha mandato in battaglia il suo soldato migliore e mi accorgo solo ora che Onorina ha osservato tutta la scena da dietro la porta finestra e si sta asciugando una lacrima con un fazzoletto bianco.

Hanno ragione, hanno tutti ragione.

Mio padre mi fa una carezza e si alza, lasciandomi sola, con le spalle sempre più curve e troppe decisioni da prendere. Ma l'unica cosa sensata che io possa fare è una doccia per lavarmi di dosso la notte, il peccato e la fatica di essere me in questo momento.

Finita la doccia, mi accorgo di aver ricevuto un WhatsApp da Giorgio.

Le gambe mi diventano di sabbia.

Recupero il respiro che mi si era bloccato da qualche parte dentro il petto e mi sento, per la milionesima volta nella stessa giornata, una totale stupida.

«Aurora è da te?»

«No, perché?»

Due minuti dopo suonano alla porta.

«Non è ancora tornata a casa», mi dice Giorgio. È scosso, spaventato, gli tremano persino le mani e non riesce a stare fermo.

«Come...»

«La mamma di Gaia mi ha detto che l'hanno accompagnata fino al portone e hanno aspettato che entrasse, solo che a casa non è mai arrivata.»

«Ma aveva qualche altro impegno? Il teatro? Hai sentito il maestro? Magari te ne sei dimenticato...» E già mi pento di aver aperto bocca.

«No, Michela, non dimentico le cose che riguardano

mia figlia», mi risponde, visibilmente innervosito. Finalmente ha trovato qualcuno con cui prendersela.

«Non volevo dire questo, scusa...» abbozzo.

«No, scusami tu, ma sto per impazzire.»

«Ok, ragioniamo. Magari è uscita di nuovo, si è ricordata di dover fare qualcosa e si è fermata a scrivere da qualche parte... Lo sai che perde la cognizione di ogni cosa quando ficca la testa in quel quadernino.»

«Michela, aiutami, dobbiamo cercarla.»

«Certo che ti aiuto! Intanto manda un WhatsApp al gruppo della classe, magari è con qualche suo compagno.»

Ci raggiungono all'ingresso mio padre e Onorina che, evidentemente, hanno ascoltato tutto.

«Signor Giorgio, sarà mia cura percorrere le strade qui intorno e controllare in ogni dove!» dice Onorina ed esce come una furia di casa.

Mio padre, invece, non ha neppure aperto bocca e si è precipitato giù per le scale.

«Ok», mi dice Giorgio, «io cerco di mettermi in contatto con la polizia e con il Pronto Soccorso, tu fatti venire qualche idea...»

«Stai calmo, la troveremo presto», provo a rassicurarlo. Gli stringo la mano, ristabilendo un contatto che era stato molto più intimo fino a poche ore prima, ma lui si libera dalla presa e si attacca al cellulare, scendendo le scale.

Rimango sola con un'angoscia cattiva e appiccicosa nel petto, il taglio costante e profondo di un coltello acuminato. Sono davvero preoccupata.

Pensa, Michela, pensa: dove potrebbe essere?

Sono sicura che, svagata com'è, si sia persa dietro qualche dettaglio per trasformarlo in un bel ricordo da scrivere sul suo quaderno. Aurora ha sempre la testa tra le nuvole.

«Tu lo devi sentire quando stai per entrare in un bel ricordo, e devi stare molto attenta a tutto quello che ti succede, così lo puoi scrivere e diventa un bel ricordo per tutti, anche per chi non c'è e quel bel ricordo non può viverlo più.»

«Non lo scrivo solo per me questo quaderno...»

«Mi piace leggerlo ad alta voce...»

«Chi un bel ricordo non può viverlo più...»

Mi girano in testa le sue parole, le cose che mi ha sempre detto, le mille chiacchiere di questa bambina grande, fortissima.

Le sue parole.

Quello che mi ha detto.

Ferma, Michela, ferma. C'è qualcosa, qualche indizio, se ti calmi qualcosa troverai.

Il quadernino... I ricordi... Chi non c'è più...

Aurora, forse me l'hai sempre detto tu stessa dove avrei potuto trovarti!

Dopo una corsa forsennata che ha mandato in frantumi i miei polmoni, mi ritrovo davanti all'ingresso del cimitero monumentale, spaventoso e gelido.

«Quando ho deciso che io e Aurora saremmo venuti a vivere qui, ho voluto portare con noi anche Sabrina, non potevo lasciarla a Bologna», mi aveva detto qualche tempo fa Giorgio. Un dettaglio che mi era parso un po' macabro, ma ora capisco il loro bisogno di averla vicino anche così.

Adesso, finalmente, e solo adesso, credo anche di aver capito la più intima funzione del quaderno di Aurora: è per Sabrina, per farle sapere quello che di bello ancora accade a lei e a Giorgio.

E io, una volta di più con quel bacio dato a Giorgio, mi sento fuori luogo, come se avessi occupato un posto non mio.

Mi muovo spaesata tra viali e vialetti, non so bene dove andare. Non mi piacciono i cimiteri: lo so che è assurdo, ma mi sento osservata e giudicata, come se mi trovassi davanti ai giudici ultimi delle nostre esistenze.

Abbiamo vissuto bene? Abbiamo vissuto male? Comunque sia, qui finisce ogni cosa.

Non mi piace venire a salutare chi non c'è più, lo trovo inutile. Preferisco celebrare il ricordo di chi è morto in altre maniere più intime, meno spettacolari. Con il pensiero, per esempio.

Da quando è morto mio nonno, quasi quattro anni fa, penso a lui ogni giorno, porto sempre una sua foto con me, però al cimitero, davanti alla sua tomba, non vado mai. Perché nonno non è quello che del suo corpo è rimasto nel sepolcro, ma tutto quello che mi ha trasmesso.

Sono in disaccordo con Ugo Foscolo, tuttavia credo che al sommo poeta questo non importi granché.

Quindi non ho alcun tipo di familiarità con questo posto.

E odio quest'aria pesante di lumini, acqua putrida, fiori marci e preghiere. Credo dipenda dal fatto che, in definitiva, non ho un buon rapporto con la morte: mi terrorizza e la trovo incomprensibile.

Non credo in Dio – nessun dio, per non scontentare nessuno – quindi temo la mia morte e la morte degli altri, e l'idea di quel momento in cui ogni cosa sarà finita mi mette al tappeto.

Invece Aurora con la morte c'è cresciuta, è tutto quello che le è rimasto della madre: la morte sempre presente attraverso l'assenza di Sabrina.

Questo cimitero, in verità, si avvicina molto a un parco pubblico, pieno di famiglie che sembrano sul punto di fare una scampagnata tra le tombe.

Un piccolo cane nero mi taglia la strada sculettando e si ricongiunge alla sua padrona, una ragazza bionda che spinge un passeggino.

Due anziane signore commentano gli omicidi irrisolti della cronaca italiana come se fossero opinioniste alla corte di Cristina Parodi.

«Dice che sono spariti trecentomila euro dal conto della morta.»

«Lei, pace all'anima sua, è stata comunque una stupida... Come poteva pensare che un ragazzo di vent'anni si innamorasse di una vecchia come lei?»

Assoluzioni e condanne direttamente dai palinsesti della tivù generalista.

Tiro un calcio a una pigna, seguo la sua traiettoria accidentata e sbilenca e mi accorgo, all'improvviso, che Aurora è lì, poco distante.

Mi nascondo dietro un albero e un'euforia improvvisa mi esplode tra la nuca e lo stomaco: sta bene, è qui, ho avuto la giusta intuizione.

A gambe incrociate, seduta davanti alla tomba di Sabrina, sembra stia parlando da sola, ma in realtà sta leggendo le pagine del suo quaderno, appoggiato sulle ginocchia.

Capisco che sto piangendo perché mi accorgo di avere la maglietta bagnata.

«Giorgio, è davanti alla tomba di Sabrina, sta bene, vieni!» scrivo in un messaggio, e mi nascondo meglio per evitare di essere vista.

È stata una fortuna incontrare Aurora sulla mia strada

interrotta. Andare a lezione di vita da lei è stato un enorme privilegio.

Dopo un po', una mano mi tocca la spalla e sento: «Grazie».

Mi volto, sorrido a Giorgio e me ne vado: il mio compito è finito.

Io e papà siamo rimasti abbracciati ventimila minuti.

È vero, ho fatto una specie di pasticcio abbastanza grave e mi dispiace che si sia preoccupato. Volevo solo passare un po' di tempo con mamma, dirle che va tutto bene, che siamo felici anche se lei ci manca moltissimo.

E allora quando Gaia e sua madre mi hanno riaccompagnato a casa, sono entrata nell'atrio e ho aspettato che si allontanassero con la macchina, poi, supervelocissima, sono sgattaiolata fuori e mi sono messa a camminare verso il cimitero, che per fortuna non è tanto lontano.

Per strada, ho comprato anche un pacco di biscotti.

Ero sicura che nessuno se ne sarebbe accorto, ma ho fatto tardi perché, quando mi sono messa a leggere il primo bel ricordo, è cominciato una specie di sogno vero in cui mi sembrava di raccontare a mamma quello che mi era successo.

Mi è piaciuto moltissimo, è stato bello bellissimo, superbellissimo. Ho fatto bene a tenere tutti i ricordi belli sul quaderno e continuerò, però la prossima volta avvertirò papà, anzi ci verrò con lui, ma dovrà rimanere un po' lontano perché questa è una cosa tra me e la mamma, una cosa tra donne, diciamo.

Infatti, papà – che è il papà più superissimo del mondo – ha aspettato che io finissi e poi si è avvicinato e non mi ha sgridato, mi ha solo abbracciato e io mi sono accorta che stava un po' piangendo perché ho sentito il solletico delle lacrime sul collo.

Piangere a volte è bello, gliel'ho detto, perché ti scioglie un po' via la tristezza, e lui mi ha promesso che mi parlerà di più della mamma, che mi racconterà delle cose belle che lei ha fatto prima del giorno in cui tutto è cambiato. Mi ha detto che lei è stata comunque felice e che mi adorava e che la sua vita insieme a noi è stata bellissima, di pensare a lei come a una persona forte e allegra, sempre, in ogni momento, nonostante tutto.

E mi ha detto, ancora una volta, che io le somiglio un sacco.

Quindi oggi è tutto un giorno di ricordi belli.

Papà mi ha detto che è stata Michela a capire dove fossi: ho davvero fatto un buon lavoro con lei.

Capitolo ventidue

Da: alfredocarona@caronaadv.com
A: michelatommasi@gmail.com

Carissima Michela,
come sta? Come va la sua vita?
È riuscita a trovare la sua felicità fuori dalla Carona Adv?
Cos'è accaduto in questo, spero proficuo, periodo che abbiamo trascorso lontani?
Con il passare del tempo, mi convinco sempre di più che, probabilmente, non esiste una vera possibilità di essere appagati fuori dall'agenzia. Perché noi siamo una realtà felice, noi siamo una famiglia e so – mi perdoni se inciampo nel peccato di superbia – che gran parte del merito è mio.
Ho sempre guidato la nostra agenzia con il piglio e la lungimiranza del condottiero ma anche, e soprattutto, la delicata pazienza e il solido affetto di una madre di famiglia.
Proprio così io mi sento di essere, la vostra seconda

mamma, quella che vi ha donato la vita più qualificante e soddisfacente, quella professionale.
Vi ho lasciato liberi di vivere, vi ho insegnato il concetto di libertà, quel supremo bene che va oltre i muri dei nostri amati uffici, e questo vi ha reso donne e uomini migliori e professionisti di altissimo livello.
Le vogliamo offrire un'altra occasione, Michela, un nuovo modo di cercare la libertà, una felicità condivisa in cui ci si incontri a metà strada.
Michela, saremo così felici, così orgogliosi di riaverla con noi. Nuove sfide ci attendono e le vogliamo affrontare proprio con lei, una dei miei figli migliori!
L'attendo a Milano per un incontro, la mia segretaria la contatterà per tutti i dettagli.
Con gioiosa cordialità,

Alfredo

Carona riesce sempre a sorprendermi. Sempre.

Avevo quasi smesso di pensare a Milano, al lavoro, a quell'altra vita lontana, tenuta a distanza, ma mai davvero dimenticata.

Quell'altra vita che è come un fidanzato stronzo e amatissimo che ti abbandona e tu cerchi di rimetterti in piedi, ma poi, se anche soltanto lo vedi da lontano, ti ricordi di quanto eri felice con lui nonostante tutto.

Anche perché, in quell'altra vita, il fidanzato stronzo che mi ha abbandonato c'era davvero.

Sono appena tornata dal cimitero, ancora emozionata per quello che è successo, e mi ritrovo di nuovo incastrata in un uragano di palpitazioni.

Rimango pietrificata davanti al Mac, immobile, cercando di metabolizzare la novità: Carona, a modo suo, mi sta offrendo di nuovo un lavoro.

Mi alzo di scatto, la sedia mi scivola alle spalle e sbatte contro l'armadio.

«Signorina Michela, va tutto bene?» Onorina si precipita per assicurarsi che non mi sia capitato nulla di male.

«Sì, tutto bene, Onorina, sono solo stata brusca.»

No, tutto bene non proprio, però.

Non riesco a stare ferma, cammino per la stanza a passi lunghi, mantenendo un costante contatto visivo con il Lexotan sul comodino.

Tocco tutto quello che mi capita a tiro, lo sposto, lo muovo finché non lo fisso in una posizione che dia un po' di pace al mio momento ossessivo-compulsivo.

Accendo la radio alla ricerca della «canzone della risposta»: se è una canzone italiana, accetto, se è straniera, rifiuto.

Giornale radio.

Ok, riproverò più tardi.

Balcone, sigaretta, subito.

Una sigaretta.

Due sigarette.

Tre sigarette.

Chiamo Giulia? No, riuscirebbe solo a confondermi le idee.

Faccio una doccia e poi faccio un giro?

Faccio il contrario?

Faccio qualcosa.

Devo fare qualcosa.

Sì, ma cosa?

Opto per la doccia e cerco di scorticarmi i pensieri con l'acqua bollente, anche se fuori ci sono quasi trenta gradi.

Mi metto a sedere sotto la cascata del soffione, rannicchiata tra il piatto doccia e il muro.

Se accettassi, risolverei molti dei miei problemi: avrei di nuovo un lavoro, dei soldi, l'indipendenza, la vita.

Poi, in ogni caso, i miei stanno per buttarmi fuori casa, quindi andrebbe benissimo.

Però... però... però...

Carona non può prendermi e lasciarmi quando gli pare! Non so se posso fidarmi di lui. E se poi mi manda di nuovo via?

Ma, soprattutto, mi mancherebbero tutti.

Aurora, mia madre e mio padre, Onorina, persino quella strega di Giulia.

E poi...

Giorgio.

Non dovrei neanche pensarci, però non sono mai stata famosa per la mia forza di volontà e la mia disciplina.

Ci penso.

Io penso a Giorgio.

Spesso.

Sempre.

Ci devo mettere una pietra sopra, non posso fare sciocchezze, non in questo momento: la situazione di Giorgio e Aurora è troppo incasinata per una come me, soprattutto per una come me in questo momento della mia vita. Non sono solida, non sono stabile e sarei solo un'indegna sostituta di una madre e una moglie che non c'è più.

E comunque che ne so io delle intenzioni di Giorgio. Potrebbe essere stato solo un momento di debolezza, una cosa senza alcuna importanza.

Sì, sarà sicuramente così, quindi basta pensarci.

Invece io ci penso, ed era così già prima del bacio, anche se non me ne rendevo conto

Che cosa farebbe un adulto in questa situazione?

Solo ora che devo decidere ho capito: queste persone mi hanno fatto sedere in poltrona, con la copertina sulle gambe, mi hanno massaggiato il collo e le spalle e io mi sono messa comoda.

Comoda e amata.

Molto amata.

Ho tirato il fiato, ed era tanto che ero in apnea.

Esco dalla doccia, mi faccio un turbante in testa con l'asciugamano, mi schiaccio una sigaretta tra bocca e dita.

Mi guardo allo specchio.

Devo decidere.

Ho deciso.

«Mamma, posso ritornare nella tua pancia?»

«Non ci pensare nemmeno, amore. Ci ho messo troppi anni per essere anche una donna e non solo una madre. Anche se...»

La guardo, in attesa del verbo, della parola che possa risolvermi la vita: «Anche se certe volte è vero, ti vorrei rimettere dentro, quando sbagli troppo, quando smarrisci il senso e la direzione, quando ti guardi intorno con quegli occhi lì e io capisco che, davvero, non ci stai capendo più nulla. Ma no, non posso proprio fare altro per te».

«Quindi?»

«Quindi, amore, io ho fatto le mie battaglie, tutte senza nessuno sconto, ora tocca a te. Io voglio solo che mi lasci tranquilla a godermi la pensione e la sigaretta che stai per offrirmi.»

«Ok, mamma, hai ragione, ecco la sigaretta, e...»
«E?»
«Torno a Milano.»
«Lo immaginavo. Fammi accendere.»

«Papà, ho deciso di tornare a Milano.»
«Amore, va bene, se è quello che credi sia giusto, fallo pure e ricorda...»
«Cosa?»
«Se hai bisogno di soldi, chiedi pure ma non dire nulla a tua madre. Vieni, dammi un abbraccio, abbi cura di te.»

«Onorina, ho deciso di tornare a Milano... No, aspetta, ti prego, non piangere, fai piangere anche me! Come? Cosa dici? Certo, avrò cura di me, ma smettila di piangere... Sarò accorta e mi terrò lontana dai guai, però basta piangere. Sì, sarà mia cura fornirti periodicamente mie notizie... No, non mi esporrò a pericolo alcuno... Sì, lo so, Milano è una grande e temibile città, la conosco bene... Sì, Onorina, anche per me è un privilegio esserti amica, ti voglio bene...»

«Giulia, torno a Milano...»
«Era ora che ti levassi dai piedi!»

«Aurora... Aurora... Aurora... di' qualcosa, ti prego, dai... Ma dove vai? Aspetta, Aurora...»

WhatsApp tre min fa.

Messaggio da Giorgio Ciancio:

Ho saputo che torni a Milano... Mi sarebbe piaciuto che me lo dicessi tu. Comunque, buona fortuna. Ti faccio subito un bonifico con i soldi che ancora ti devo. Grazie di tutto, un abbraccio.

Quaderno dei ricordi di Aurora Ciancio

Michela è andata via. Forse tutto quello che stavamo facendo insieme non le è bastato, forse davvero la sua vera vita è a Milano.

Sono triste e non so neanche spiegare in che modo perché è una cosa del tutto nuova.

Non me l'ha detto lei, ho sentito un discorso tra lei e Giulia e quando poi è venuta da me, io sapevo già tutto, ma mi è venuto un magone nella pancia che sono dovuta scappare via.

Sono corsa a casa, e papà mi ha visto piangere e si è molto preoccupato, poi gli ho spiegato che cosa stava succedendo e anche lui, mi è sembrato, è diventato supertriste. Non ha parlato fino a sera quando poi mi ha portato a mangiare la pizza.

Ha ricevuto molti messaggi dalla mamma di Carlotta, lo vedevo dallo specchio che c'era alle sue spalle, in pizzeria, un altro dei trucchi che ho imparato nei miei libri, ma lui sembrava molto scocciato.

Quando un cameriere si è rivolto a un'altra cameriera chiamandola Michela, entrambi ci siamo girati di scatto, poi ci siamo guardati e abbiamo capito che eravamo tristi per lo stesso motivo.

Non mi va che se ne sia andata, non mi va per niente, ma nei libri non ho ancora trovato un modo per far tornare indietro le persone che se ne vanno.

Ricordo bello: no, oggi no.

Capitolo ventitré

Milano, Stazione Centrale: ricomincia la mia corsa.

Scendo dal treno, e anche se è ancora presto, il caldo marcio della città già mi assale.

Il caldo e il freddo a Milano non sono solo condizioni meteorologiche ma anche esistenziali.

Il caldo a Milano è particolarmente caldo, più caldo del caldo comune, così come il freddo.

Il caldo ti inonda e riempie tutti gli spazi possibili, avanza come un esercito barbaro all'assalto del fragile fortino del tuo corpo, ti serra forte la gola come la corda all'impiccato.

E soprattutto non c'è una progressione climatica che consenta un adattamento vitale: il caldo arriva, all'improvviso, non saluta, ti si siede sul petto e ti strozza il respiro.

Anche se è soltanto giugno, come ora.

Quando sono ritornata a Piccola Città, la banchina di questa stazione è stata l'ultima cosa che ho visto di Milano, trascinando il mio cuore e il mio trolley nello stesso modo. E ora, sempre questa banchina mi riporta indietro sui miei passi, laddove tutto è cominciato.

Dodici ore di viaggio al contrario per ritornare al punto di partenza.

Mi sono sottoposta a questa odissea che trovo, comunque, più comoda e rilassante di una sola ora di aereo.

Poi, quando viaggi lentamente, entri meglio nelle cose, arrivi più preparato a quello che ti aspetta appena il viaggio termina e ricomincia tutto.

Spesso, però, questo viaggio che vuoi far compiere al tuo spirito prima che al tuo corpo viene complicato da chi occupa le altre cuccette del tuo scompartimento.

Negli anni, andando su e giù per tutta l'Italia, lungo la linea che costeggia l'Adriatico, ho visto molte cose.

Suore che hanno tentato di convertirmi nottetempo, amanti colti dall'urgenza della passione, anziani coniugi spaventati in viaggio verso un figlio lontano, che già da subito cominciavano a chiedermi se la fermata successiva fosse Milano; banchettatori notturni, un tipo con un *Rattus norvegicus* (ossia una pantegana) nella gabbietta con cui si scambiava profondissimi baci d'amore attraverso la grata, conversazioni infinite urlate nei telefonini e nelle orecchie degli astanti, gente senza biglietto, gente con il biglietto sbagliato mentre il treno seguiva la via giusta, disegnando una linea lungo l'Italia.

Fuori la vita di tutti i giorni, dentro la vita di quel giorno, quello specifico giorno in cui il viaggio costringe nello stesso spazio, tempo e luogo, tante storie diverse, tanti motivi diversi per andare via.

Io torno o vado via?

Il confine non esiste.

Giulia, poco prima della partenza, mi ha detto: «Temo che con tutta questa irrequietezza che ti porti addosso, tu un posto dove fermarti davvero non lo troverai mai. E, comunque, se ti fermerai, avrai sempre il dubbio che il posto successivo sarebbe stato il migliore».

Quando arriva la pace?

Mai, si fa solo finta di essersi pacificati. Anche le scarpe più strette, a furia di indossarle, si allargano.

Ma, adesso, sono di nuovo a Milano: vediamo quanto durerà e se durerà.

Ricomincio a sentire accenti estranei e mi accendo una sigaretta per ritornare in pista mentre tutta l'umanità che, come me, ha chiuso gli occhi a Piccola Città e li ha riaperti qui, mi passa accanto alla ricerca del parente in attesa o del mezzo da prendere.

Prima di infilarmi nel budello della metropolitana – ah, la metropolitana, certi giorni a Piccola Città mi è mancata pure quella – decido di uscire dalla stazione per avere una conferma, per capire se davvero sono a Milano, se davvero l'ho fatto.

L'ho fatto, il Pirellone me lo conferma.

Scendo a prendere la linea verde. Due fermate e ci sono: Centrale, Gioia, Garibaldi.

Voglio di nuovo essere considerata una di loro, una cittadina, una milanese da generazioni. Voglio sembrare sciolta e a mio agio, padrona della città. Non voglio che si notino gli ultimi mesi che ho passato a Lecce, devo chiudere le vocali e affrettare il passo.

So dove sto andando e so da dove vengo, la vita va spinta in avanti, come il carrello del supermercato, e tu devi stare attenta a quello che ci metti dentro per non avere brutte sorprese alla cassa.

Ma il trolley si incaglia nelle sbarre del tornello e comincio ad avvertire come una minaccia la coda che già si forma alle mie spalle.

Lo tiro verso di me ma niente, fino a quando il ragazzo alle mie spalle non gli dà uno scossone così che la mia corsa e quella dei viaggiatori dietro di me possa continuare.

Mi fermo sulla banchina, al di là della linea gialla, ad aspettare il treno che mi porterà a destinazione.

«Mi sono presentata e lui era lì con un'altra! Hai capito lo stronzo?» Due ragazzine, molto hip hop, si stanno confidando accanto a me.

«E tu cos'hai fatto?»

«Li ho menati tutti e due, zia. Fai conto che io in quel locale non ci posso più mettere piede!»

«Bella...» Si danno il cinque.

Arriva il treno e le signorine dai modi sbrigativi ma efficaci si infilano subito dentro e si siedono vicine.

Io rimango in piedi e, in pochi secondi, il suono che segnala la chiusura delle porte – sempre associato nella mia testa al segnale di allerta per un attacco nucleare – annuncia l'inizio della corsa di questo vecchio vagone, appiccicoso, sudato e rumoroso.

Due fermate e ci sono.

Il sottopassaggio della stazione Garibaldi mi sputa nel mio amato quartiere Isola.

Mi fermo, mi guardo intorno, mi sembra di essere andata via poche ore fa.

Tutto familiare: il portone di casa di un certo ragazzo con la barba e con la moto che tanto mi era piaciuto, il ristorante buonissimo, il bar della colazione, i posti delle birre, la piazzetta, l'egiziano che fa certi involtini di pesce spada che neanche in Sicilia; il tattoo shop dove un giorno, presa da un corto circuito della ragione, stavo per tatuarmi sul braccio sinistro un gigantesco marinaio nella sua barchetta in cornice di sartie, complice quel certo ragazzo con la barba e la moto.

Milano è una città stupenda, non date retta a chi dice di no: non ci ha mai vissuto veramente. Non ha mai maledetto il gelo, il caldo, la bicicletta, la solitudine, l'eccessiva compagnia, gli uomini avuti, le donne con cui si è bevuto, gli appartamenti che si sono condivisi, le cose che si sono dette.

Non ha mai benedetto il gelo, il caldo, la bicicletta, la solitudine, l'eccessiva compagnia, gli uomini avuti, le donne con cui si è bevuto, gli appartamenti che si sono condivisi, le cose che si sono dette.

Non c'è tanta gente in giro, Isola è un quartiere piuttosto lento al mattino, a meno che non sia martedì o sabato, i giorni del mercato.

I muri di queste strade, di questo quartiere, sono impregnati della mia vita passata, ogni metro percorso è un ricordo, è nostalgia. Alessandro spunta da ogni angolo, ma adesso ha una faccia diversa e il morso del cane che sempre sentivo alla bocca dello stomaco si è notevolmente attutito.

Arrivo davanti alla casa che Teresa, la mia amica storica, mi ha messo a disposizione per questi giorni, trasferendosi per il tempo che mi ci vorrà a casa del suo fidanzato, in Porta Romana.

Passo dal portinaio per prendere le chiavi e, dopo un numero incalcolabile di scalini, arrivo al suo appartamento e apro la porta. Di nuovo mi sembra di entrare in un museo dei ricordi.

Preparavamo sempre delle cene epiche, in questa casa.

Una volta bevemmo per un giorno intero mentre cucinavamo lo stracotto.

Avevamo acquistato la carne al mercato di piazzale Lagosta. «Marinatelo nel vino frizzante, la carne diventa più morbida», ci aveva consigliato il macellaio, e così affogammo i pezzi di manzo e noi stesse nella barbera.

Era appena autunno, nonni, bambini e piccioni si affollavano nel quartiere all'imbrunire, e io e Teresa già brille parlavamo di quello che sarebbe stato.

«Sarebbe bello fondare una casa editrice», mi diceva all'epoca.

«La potremmo chiamare Tulipani Editore!» le rispondevo versando un altro po' di vino.

Intanto, lo stracotto continuava a borbottare sulle nostre vite piene di risposte che ci sembravano quelle giuste e definitive.

Non avevamo fatto ancora i conti con le domande che sarebbero arrivate poi.

Mi butto sul divano, mi sfilo le scarpe lanciandole in aria e mi stendo, accarezzandomi la pancia: ho fame, non ho ancora fatto colazione, ma voglio rimanere qui stesa per un po', per raccogliere le forze e le idee. Perché dietro la porta che ho aperto poco fa c'è la mia nuova vita e ci voglio entrare nel migliore dei modi.

«Vecchio stronzo!»

«Magnifica sgualdrina!»

«Vaffanculo!»

«Mi piaci bionda.»

«Hai visto che lavoro?» gli dico toccandomi i capelli.

«Beata te che ancora ce li hai...» Si accarezza la pelata.

Io e Daniele ci salutiamo così, insultandoci e abbracciandoci, da quando ci conosciamo.

Poi, ogni volta, in rapida sequenza, accendiamo una sigaretta e ordiniamo una birra.

Daniele è un bolognese che mastica musica, parole e nicotina da quarant'anni, nonché l'essere umano che maggiormente si avvicina al concetto di mio migliore amico.

Ci conosciamo da quando abbiamo vent'anni e ci siamo sempre stati abbastanza fedeli: non abbiamo mai avuto altri migliori amici al di fuori di noi, e se ce ne sono stati non sono durati.

Daniele è piccoletto e tutto compatto, sembra una torcia elettrica. Un giorno si veste come Bob Dylan, il giorno dopo come J-Ax, ed è sempre in crisi per qualche donna con cui passare la domenica pomeriggio, che è il tallone d'Achille della sua malinconia.

Abbiamo concordato, per salutarci, di andare a pranzo in una trattoria in piazzetta, nostro rifugio isolano: ho bisogno di raccontargli un po' di cose.

«Allora, come va?» mi chiede appena ci sediamo a uno dei tavoli di plastica del ristorante, sotto gli alberi della piazza, tirando fuori dalle tasche cellulare e sigarette.

«Mi ha richiamato Carona...» vuoto subito il sacco. Guardo la facciona di Arnold, dipinta sulla saracinesca dell'autoricambi di fronte, che mi ha sempre messo allegria.

«L'ho sentito dire. Pare voglia ritornare sui suoi passi, ma io non mi fiderei. Lo conosci, no?»

Daniele, prima di mettersi in proprio, per un periodo si era occupato dell'audiovisivo per l'agenzia e per lui Carona è sempre stato «Carogna».

«Vado a sentire quello che ha da dirmi.» I bambini

cominciano a uscire dalla vicina scuola elementare, scortati dai nonni e schiacciati dal peso delle loro cartelle. Istintivamente cerco tra i gruppetti che ci sfilano davanti Aurora, cerco i suoi occhialoni viola e sorrido al pensiero del suo trolley rosa pieno di piombo, libri e quaderni, che si ostinava a portare da sola, rifiutando sempre il mio aiuto.

«Lo so fare da sola, non ti preoccupare. E poi tu sei una vecchietta!» mi prendeva in giro, e io la lasciavo fare.

Credo che mi mancherà molto. Anzi, ne sono certa.

«Un minuto e sono subito da voi!» Luca, il proprietario della trattoria, ci saluta con la sua frase rituale che fa il paio con «rimanete pure quanto volete, state comodi». Credo che a Milano sia l'unico ristoratore a saper anche solo pronunciare questa frase.

La piazzetta si sta riempiendo, meta della pausa pranzo di chi lavora nei dintorni.

«Be', come va lì giù, nel profondo della provincia dell'impero?»

«Be', diciamo che Piccola Città non è bella piena come Milano...»

«Il che potrebbe essere un vantaggio!»

«Dai, non fare il milanese che si lamenta ché non lo reggo.»

«Cosa vi porto, signori?» ci chiede Luca.

«Vitello tonnato», rispondiamo senza dubbi, ordinando la specialità della casa.

«Quando hai il colloquio?» mi domanda Daniele, scacciando una mosca che gli si è appoggiata sul naso.

«Oggi pomeriggio alle cinque.» Sospiro come se dovessi avviarmi alla sedia elettrica.

«Ti ricordi come si fa o hai bisogno di ripetizioni?»

Lo guardo, non rispondo e gli lancio il tappo della birra che cade ai nostri piedi, attirando l'attenzione di un cane bianco e vaporoso che viene subito ad annusarlo, sperando in un boccone.

«Kurt, qui!» La sua padrona rossa e tatuata lo richiama all'ordine.

«A parte gli scherzi, mi spieghi cosa fai laggiù? Tu non sei fatta per quella vita lì!»

«Neanche per questa, evidentemente.»

«Non è vero, solo che ti sei arresa subito, alla prima difficoltà.»

«Daniele, ti ricordo che sono stata mollata e licenziata nell'arco di poche ore.»

Bambini e nonni continuano a sciamare in piazzetta, tra i tavoli della trattoria.

«Nonno, me lo compri un pezzo di pizza?» chiede un piccolo essere umano. «Ho fatto un disegno bellissimo, oggi», dice il bimbetto, sputacchiando fuori dalla bocca priva di alcuni denti da latte. «Ti ho disegnato due ruote al posto dei piedi, e io salivo sulle tue spalle e ce ne andavamo a velocità supersonica a Gardaland», gli dice, zompettando, aggrappato alla sua mano.

Il nonno lo guarda, colto dalla tipica estasi nonnesca.

«Lo sai come la penso...» continua Daniele con la sua analisi. «Le vedo entrambe come due grandi botte di culo, dato che ti sei liberata di due esseri tossici che ti stavano solo inquinando la vita. Io ci penserei bene prima di accettare qualunque proposta provenga da Carogna. Un altro lavoro lo trovi in un attimo... oppure ci mettiamo in società io e te, che ne dici?»

«Facciamo che mi sposi, così non devo pensare più a niente? Mi metto a badare a te e alla casa, buona e zitta.

Lo sai che so anche cucinare bene!» Metto in scena il solito teatrino tra me e lui.

«Certo, tesoro, c'è un unico problema: assolveresti i tuoi doveri coniugali?»

«Te lo puoi scordare!»

«E allora questo matrimonio non s'ha da fare e tu devi trovarti da lavorare.»

«Pure poeta mi sei diventato», lo prendo in giro. È sempre così. Quando ci rivediamo dopo non esserci frequentati per un po', sembra che non sia passato neanche un minuto dall'ultimo nostro incontro.

«Sì, e tu sei la mia musa!»

«Uffa, Dany, sono stufa però, mai una cosa semplice!»

«No, bimba, niente semplicità: invecchieresti di schianto.»

«L'ansia mi fa bella, vero?»

«Incantevole!»

«Ok, voglio un'altra birra.»

«Te la concedo, visto che alle cinque sarai seduta di fronte a Carogna. Luca, altre due birre, grazie. Per il resto?» mi chiede poi.

«Dovrebbe esserci anche un resto?»

«Ah, non lo so, dimmelo tu, altrimenti non capisco davvero cosa tu possa aver fatto in tutti questi mesi.»

«Che intendi?»

«Uomini, mammoletta, UOMINI! Ricordi? Quegli strani figuri con cui un tempo ti divertivi tanto?»

Subito mi viene in mente Giorgio. In realtà è sempre stato lì, come un pensiero di fondo, costante.

Non abbiamo mai parlato di quello che è successo, abbiamo accuratamente evitato. Probabilmente non sarebbe stato affrontabile quello che ne sarebbe potuto nascere.

C'è una prateria sconfinata di cose non dette che si è inevitabilmente trasformata in una freddissima distanza siderale dove, forse, nulla si può più dire.

Va bene così, perché quando sopravvivi a qualcosa, preferisci non metterti più in pericolo, le sensazioni che hai provato quando stavi per morire non vuoi più sentirle.

Per lui è più giusta una come Federica: solida, determinata, una mamma e non una figlia come me.

«No, nessun uomo, Daniele», rispondo secca. Mi alzo per pagare, presa da una strana smania.

Mi sorride: ha capito molto senza che debba aggiungere nulla. Si accende un'altra sigaretta e mi dice: «Lascia stare, faccio io». E si toglie dalla bocca la sigaretta con il filtro brutalizzato dai suoi denti.

Torno a sedere: «È sempre il solito casino...»

«Ok, comincia dall'inizio.» E chiede a Luca di portarci due amari.

Da Isola all'ufficio di Carona sono dieci minuti a piedi.

Daniele si è offerto di accompagnarmi, però preferisco camminare un po' da sola, per smaltire la birra e l'amaro, immaginando passo dopo passo una nuova possibilità di vita in arrivo.

Il mio amico è stato molto chiaro: «Se non ci provi, non potrai mai scoprire cosa ti lega a Giorgio. Ma, ribadisco, tu a Lecce ci muori, non fa per te, devi tornare qui».

Mi accorgo che ho paura.

Mi muovo lungo viale Lancetti: abitazioni, uffici, distributori di benzina, sale giochi e sale scommesse. In mezzo, il tram e due stradoni pieni di macchine e autobus.

«Ma non ti manca questa bella aria? Questo casino?» mi ha chiesto Daniele, scherzando.

Certe volte, sì, mi manca anche la circonvallazione di Milano, circolare 92 compresa.

La sede dell'agenzia è lì che mi aspetta, un cubo di vetro e acciaio: un'immagine respingente ma, in questo momento della mia vita, assolutamente necessaria.

Entro e lo sbalzo termico prende a sberle i miei sensi: fuori caldissimo, dentro freddissimo, questa è Milano d'estate.

«Michela Tommasi per Alfredo Carona, ho un appuntamento», mi annuncio alla receptionist, una faccia nuova, giovanissima, assunta perché ancora in età di sgravi fiscali, quindi appetibile per il mercato.

La giovinetta, molto gentile, mi fa segno di accomodarmi sul vellutino rosso dei divani della sala d'aspetto.

Quando lavoravo qui, il mal di testa mi partiva nel momento stesso in cui posavo gli occhi su quella violenza cromatica.

Adesso non registro alcuna reazione.

L'aria condizionata, però, sta cominciando a farmi rattrappire la faccia.

Vengo salvata dalla giovane receptionist: «Il dottore la sta aspettando, prego».

Torno sulla scena, alzate il sipario.

«Carissima, carissima, carissima!» Carona abbandona la sedia da cui stava contemplando il paesaggio di palazzi e rondini fuori dalla sua gigantesca finestra e viene ad abbracciarmi o, più correttamente, mi stritola in una morsa che sembra durare tanto, troppo tempo.

Mi schizza nelle narici quel suo familiare, odiato profumo che sentivo anche la notte quando chiudevo gli occhi e andavano in onda gli incubi ambientati in agenzia.

«La trovo in grandissima, meravigliosa forma, ha cambiato qualcosa? Cos'ha fatto in questi mesi? La spa tutti i giorni?»

Ride di una battuta che diverte solo lui, ma il mio servilismo condizionato di antica dipendente mi obbliga a ridere insieme a lui.

Mi guardo intorno e mi viene in mente l'ultima volta che sono stata in questo ufficio, arredato come in una puntata di Mad Men.

Don Draper è sempre stato il suo punto di riferimento e non l'ha mai nascosto.

Il nostro Don Draper di viale Lancetti.

Mi metto a sedere mentre lui rimane in piedi, davanti alla finestra. Se avesse un ritrattista di corte, si farebbe immortalare così: novello Napoleone della comunicazione davanti all'enormità del campo di battaglia, Milano.

Chissà se a scuola era arrivato a studiare Waterloo?

«Michela, Michela cara, carissima Michela...»

Non solo ricorda il mio nome, ma lo ricorda così bene che non fa altro che ripeterlo: sono sconcertata.

«Allora, dove ha lavorato in questi mesi?»

«Ho preso un periodo di pausa.»

«Ottimo, ha fatto benissimo! A volte bisogna fermarsi ad ascoltare se stessi, non conosciamo più il suono della nostra voce, quella interiore, quella che davvero ci dice come stiamo. Brava, Michela!»

Annuisco e ometto il fatto che vivo con i miei, faccio la baby-sitter di una bambina, ho baciato suo padre.

«Michela, vado al punto. Lei sa che sono un uomo del fare, altrimenti tutto questo oggi non ci sarebbe.» E allarga in aria le braccia, disegnando semicerchi immaginari. «E non è finita qui! Siamo in fortissima espansione:

advertising, branding, fashion, luxury, lifestyle, food and beverage, social media marketing, digital marketing e via dicendo. Non c'è settore di cui la Carona non si occupi.»

Ascoltandolo, devo fare uno sforzo per recuperare nella mia memoria il significato di quello che va blaterando. Ho quasi del tutto dimenticato una lingua che è stata la mia per anni, mi sento in un territorio straniero e anche un po' nemico.

Mi accomodo meglio sulla sedia. Conoscendo Carona, non arriverà mai il mio turno, quindi non mi rimane altro che gustarmi la sua scena.

«Forniamo le migliori soluzioni ai nostri clienti... ci accingiamo a diventare un grande network internazionale... vantaggio competitivo... leadership... sviluppo e coordinamento... capacità... consensi... innovazione... missione... marchio...»

Anche le parole in italiano mi fanno lo stesso effetto, un vocabolario barbaro e alieno che non mastico più.

«Da bravo mentore e guida, io applico le regole dell'advertising anche su di voi, ragazzi miei. Sono vecchio, tra un po' vi mollo tutto e vado via...»

«A vivere davvero?» mi sento dire.

Rimane un momento perplesso, poi: «Sì, brava, sì, io l'ho sempre detto che lei ha una marcia in più rispetto agli altri, lei ha lo shining, la luccicanza...»

Sì, in effetti, se avesse mai visto la mia faccia quando ero costretta a trascorrere i weekend inventando sciocchezze per lui, ci avrebbe senz'altro trovato molte somiglianze con quella di Jack Nicholson che insegue Wendy con l'accetta in mano.

Continua: «Dicevo, ho sempre pensato a tutti voi come a dei brand: avevate un potenziale inesplorato che io ho tirato fuori e rivelato, ideando un vostro personale posizionamento che durerà nel tempo. Vi ho reso attraenti come un prodotto comunicato bene, siete i primi su cui ho lavorato, le mie 'crostatelle' in carne e ossa». Dicendo questo quasi si commuove. «Michela, lei ha figli?» mi spiazza.

«No...»

«Bene, brava e non credo che ne avrà perché, a parte l'età, so che è una ragazza molto intelligente e ambiziosa. E poi, se lo lasci dire, io ne ho cinque con cinque donne diverse ed è solo un gran caos per il commercialista!»

Si asciuga il sudore che gli sta imperlando la fronte, nonostante in questa stanza sia riprodotta l'era glaciale.

«Michela, le offro la più grande occasione che le sia mai stata offerta: essere felice qui in agenzia, nella nostra Carona Adv, tutti insieme, grazie al più grande generatore di libertà, ciò che ha permesso l'emancipazione di tanti lavoratori, la vera conquista di un'identità, lo strumento che ha spezzato le catene con cui i vecchi impianti legislativi vi tenevano sotto scacco: LA PARTITA IVA!»

Sto per cadere dalla sedia, mi devo puntellare bene con i piedi per terra. Ha detto partita IVA? Sì, l'ha detto.

«Immagino non esistano motivi per cui lei non debba accettare la mia proposta. Lo vedo nei suoi occhi, c'è una luce diversa rispetto all'ultima volta che ci siamo incontrati!»

Il mio tempo è finito perché praticamente mi rimette in piedi, spingendomi verso la porta. «Può ricominciare quando vuole, si senta con la mia segretaria per i dettagli, arrivederci, Milena, a presto...»

Mi metto a sorridere. Non ce l'ha fatta a ricordarsi il mio nome fino alla fine. Gli volto le spalle e mi avvio verso l'uscita, mentre un suono in tasca mi avverte dell'arrivo di un WhatsApp.

Messaggio da Giorgio Ciancio:

Mi manchi.

Epilogo

Cara persona che sono,

eccoci qua. Ne è passato di tempo, vero?

Sono davvero felice di ritrovarti, ho dubitato spesso, sai? Non che non avessi fiducia in te, nelle tue capacità, però, a volte, ho pensato che non ce l'avresti mai fatta.

Cara persona che sono, sono ritornata dentro la mia vita, quella che per un periodo mi aveva dato lo sfratto, ma, te lo dico da Michela a Michela, visto che un po' ci conosciamo: adesso, vista da qui, mi sembra una gran fortuna.

Aveva ragione mio padre quando diceva: «Ogni tanto bisogna dimenticare il paracadute sull'aereo, lanciarsi e vedere quello che accadrà».

E così ho fatto.

Sono tornata a vivere a Piccola Città, e penso che, per adesso, ci rimarrò.

Ho deciso di fare la cosa che mi faceva più paura, quella che mi sembrava più assurda e senza alcuna possibilità di successo.

Non sono diventata un'altra persona, non si diventa qualcun altro all'improvviso: continuo a fumare, a mangiarmi le unghie, porto sempre in borsa il Lexotan e ne prendo qualche goccia quando sento i cavalli che mi galoppano nello sterno. Però non bevo più per azzittirmi ma solo per esaltarmi.

Tanto non c'è più neanche la cattiva compagnia di quella ragazzaccia di mia cugina: all'improvviso, come in tutte le sue cose, è diventata una fanatica ossessiva, ossessionata e ossessionante di uno stile di vita sano e virtuoso, a tratti ascetico e punitivo.

Non beve, non fuma, non dice parolacce e mi guarda dall'alto in basso, convinta che tutte le tossine che vivono nel mio corpo, in un eterno e gaudente simposio, mi assassineranno durante il sonno.

Ma non credo andrà così.

Io mi sento più ferma, con «la solida certezza di sapere dov'è che sto», come diceva Gioconda Belli, scrittrice amatissima, e il mostro che viveva sotto il mio letto è andato in pensione, troppo vecchio per continuare a farmi paura.

Tanto, comunque, in quel letto non ci dormo neanche più.

Vivo sempre vicino ai miei. Stesso palazzo, stesso pianerottolo, per essere ancora più precisi.

Porta di fronte.

Vivo con Giorgio e Aurora, perché io e Giorgio stiamo insieme.

Ho preso l'aereo per tornare, tale era la fretta, dopo uno scambio di WhatsApp e telefonate: «Michela, lo so che potrebbe essere un casino, ma finora è stato meglio? Boh, mi fai sentire bene e fai stare bene anche Aurora. E poi sei pazza, e quindi questa cosa pazza la potresti far funzionare benissimo!» Questo mi aveva detto e, all'arrivo, l'ho trovato dietro le porte scorrevoli dell'aeroporto e con lui ho trovato anche il più bel bacio della mia vita: un romanticissimo bacio da adulti.

«Io lo avevo capito subito, però non potevo dirvelo, ci dovevate arrivare da soli», ci ha detto Aurora quando noi, nella nostra totale inadeguatezza di adulti, le abbiamo confessato il nostro segreto.

Poco prima, mi ero accorta che scriveva sul quadernino mentre ci osservava ridendo, certa di non essere vista.

«Adesso tu ed Emanuele venite a vivere qui?» ha aggiunto con la più grande semplicità.

Perché no, visto che il palazzo lo conosco bene e mia madre ha, così, un'alleata in più per le sue lotte contro l'amministratore di condominio?

Anche se ormai Super Carla ingaggia battaglie sempre meno cruente, perché non ha più tempo: lei e mio padre – che, intanto, si è cancellato da Facebook – viaggiano spesso, ora che sono liberi e, finalmente, meno genitori e più marito e moglie.

Per sicurezza, hanno smantellato la mia cameretta, sposando la tattica dei Romani dopo avere sconfitto Cartagine, trasformandola in una specie di deposito, per essere sicuri che io non torni più!

Onorina fa la spola tra i due appartamenti, tant'è che credo colonizzeremo il pianerottolo trasformandolo in un salottino o qualcosa del genere.

Carona ha continuato a darmi la caccia per un po', ma io non ho neanche più risposto alle sue mail. Comunque, la partita IVA l'ho aperta: sono una libera professionista, continuo a lavorare con i bambini, nelle ludoteche.

Con la specialissima consulenza di Aurora.

Ho una casa dove fare l'amore, ma, soprattutto, ho un

uomo con cui fare l'amore e una specie di figlia che mi ha più o meno salvato la vita.

Ogni mattino mi alzo presto e la luce è diversa, a quell'ora.

Sa più di futuro, e anche Piccola Città sembra bellissima.

Come la mia nuova vita.

Ho finalmente disfatto le mie valigie e ho deciso di avere pazienza con i miei ricordi, di trattarli con tenerezza, non mi spaventano più.

Arriva l'inverno: tempo di abbracci, di calzettoni, cioccolata e chili presi. È bello sapere che c'è un comodo divano e una meravigliosa compagnia con cui trascorrerlo.

Adesso anch'io ho dei bei ricordi da scrivere sul mio quadernino.

Finito di stampare presso ELCOGRAF S.p.A.
Stabilimento di Cles (TN)
Printed in Italy

Prova d'acquisto
ISBN 978-88-200-6236